A la orilla del viento...

Este libro está dedicado a Jamie MacLachlan

Primera edición en inglés, 1993
Primera edición en español, 1998
Cuarta reimpresión, 2012

MacLachlan, Patricia
Bebé / Patricia MacLachlan ; ilus. de Maurio Gómez Morin ; trad. de Rafael Segovia Albán. — México : FCE, 1998
120 p. : ilus. ; 19 × 15 cm — (Colec. A la Orilla del Viento)
Título original Baby
ISBN 978-968-16-5440-5

1. Literatura infantil I. Gómez Morin, Mauricio, il. II. Segovia Albán, Rafael tr. III. Ser. IV. t.

LC PZ7 Dewey 808.068 M313b

PARA TININA Y DAVID ALEJANDRO

Distribución mundial

Carretera Picacho-Ajusco 227, 14738, México, D. F.
www.fondodeculturaeconomica.com
Empresa certificada ISO 9001:2008

Comentarios: librosparaninos@fondodeculturaeconomica.com
Tel.: (55)5449-1871. Fax: (55)5449-1873

ISBN 978-968-16-5440-5

Impreso en México • *Printed in Mexico*

Bebé

Patricia MacLachlan

ilustraciones de Mauricio Gómez Morin

traducción de Rafael Segovia Albán

FONDO DE CULTURA ECONÓMICA

FIN DE VERANO

La memoria consiste en esto: una manta azul en una canasta que raspa sus piernas desnudas, y luego el mundo que da un vuelco en el momento de caer y rodar por tierra. Imágenes fugaces de árboles, cielo, nubes, y el suelo duro de la entrada de tierra y grava. Luego alguien la alza y la sostiene con firmeza. Caras amables, las recuerda, pero eso podría ser la memoria posterior creada por su imaginación; sin embargo, cuando surge el recuerdo, en ocasiones varias veces en la noche y también durante el día, los brazos que la sostienen siempre ofrecen seguridad.

Capítulo 1

No me resigno a que los corazones que aman sean sepultados bajo el duro suelo, /Así es, y así será, porque así ha sido desde tiempo inmemorial: /A la oscuridad se van, los sabios y los bondadosos. Coronados/ Con lirios y laureles se van: pero no me resigno.

EDNA ST. VINCENT MILLAY, Salmo sin música

◆ POR LAS TARDES mi padre bailaba. Todo el día era el callado y obstinado editor del diario de la isla. Pero en las tardes bailaba.

Lalo Baldelli y yo nos sentábamos en el columpio del pórtico; nos tapábamos y destapábamos las orejas cuando sonaba el silbato del transbordador de las seis, y adentro, como siempre, mi padre empezaba a bailar *tap* sobre la mesita del café. Era una mesa de centro cubierta de mosaicos de mármol italiano verde y azul. Mi padre adoraba el sonido de sus tapas sobre los mosaicos. Bailaba cada tarde antes de la cena, después de sus seis galletas *(Ritz)* con queso Cheddar (extrafuerte), entre la primera copa de whisky que lo ponía alegre, y la segunda, que lo ponía triste. Empezaba siempre despacio, con "Yo y mi sombra", luego venía "Lado este, lado oeste", hasta culminar con la favorita de Lalo: "Tengo ritmo". Donde estuviera, Lalo venía a nuestra casa antes de la cena para no perderse la ejecución alocada de mi padre de "Tengo ritmo", que terminaba con un remate, y con los brazos abiertos, como si actuara para un gran público. Lalo era el único que aplaudía, al menos hasta tiempo después, cuando Sofía también empezó a hacerlo.

También el resto de mi familia tenía un ritmo. Cuando mi padre se ponía a bailar, mi madre salía de su estudio, cubierta de pintura si su trabajo no iba saliendo como ella quería, y la abuela Paloma se levantaba de su siesta vespertina, con el cabello intacto a pesar del sueño.

Aquel día mi madre salió al pórtico llevando un tazón plateado con masa para un pastel que nunca sería horneado. Traía cucharas para Lalo y para mí, y una gran cuchara de madera para ella.

—Te gustará esto, Alondra —me dijo, tendiéndome una cuchara.

—¿De qué es? —preguntó Lalo, atisbando dentro del tazón.

—De especias —dijo mamá.

—Eso es mucho mejor sin hornear —dijo Lalo.

Mamá le sonrió.

—¡No lo dudes! —dijo ella, mientras tomaba una gran cucharada, y luego nos dio el tazón.

Mamá estaba cubierta de salpicaduras y manchones de pintura; yo adivinaba, por los colores, en qué cuadro trabajaba. Era la isla. Azul para el agua de las charcas de la isla, para el cielo y el mar; verde para las colinas —verde claro para las praderas y campiñas, y oscuro para los bosquecillos de abetos—. Mamá era un paisaje vivo. El que hubiera más pintura sobre mamá que sobre la tela significaba que habría problemas. Era señal de que estaba intranquila. Mamá me vio mirar sus ropas.

—No me puedo concentrar —dijo con voz apagada y triste.

La ventana a mis espaldas se abrió.

—¿Están comiendo masa? —preguntó la abuela Paloma.

—De especias —contestaron Lalo y mamá al unísono.

La ventana se cerró, y oímos cómo Paloma abría las puertas

corredizas de caoba de su habitación. Apareció en el pórtico con su propia cuchara.

Lalo le cedió su lugar.

—Cariñito —murmuró ella, mientras se sentaba y sostenía en alto su mano en lo que mamá llamaba su "ademán de reina".

Paloma se había criado en una gran casa con columnas y varios pórticos, y podría haber sido una reina. Tenía setenta años y el cabello blanco apilado sobre la cabeza, e hileras de arrugas en el cuello como collares.

Ella repetía con frecuencia que le daba gusto estar en posesión de todos sus sentidos. Sin embargo, una vez, después de una fiesta de la isla y de haber bebido algo de ponche, los llamó "servicios", y algunos lugareños aun pensaban que tenía muchos cuartos de baño en la casa, y que les tenía gran aprecio. A últimas fechas había descubierto las medias de fantasía. Ese día llevaba unas negras con pedrería que brillaba con el movimiento. Eran como pequeños prismas que proyectaban luz, creando reflejos que centelleaban en el techo del pórtico.

—¡Qué bonitas calcetas! —dijo Lalo, provocando la risa de Paloma.

—Medias, Lalo —corrigió—. ¿Sabes?, algún día vivirás fuera de la isla y verás cosas que ni siquiera imaginas, incluso las medias con diseños.

Lalo miró a Paloma, horrorizado, con la cuchara detenida a medio camino hacia su boca.

—Yo no —negó—. Yo nunca dejaré esta isla. Aquí hay de todo.

Mamá sonrió con un dejo de nostalgia.

—Casi todo —dijo Paloma. Y suspiró—. Lo que sí extraño…

—se detuvo de pronto, y la miré, esperando que dijera lo que yo sabía que extrañaba. Lo que *yo* extrañaba.

Mamá se volvió también a mirarla, con ojos perspicaces y tristes a la vez. La expresión de mamá cambió al ver a papá de pie en el quicio de la puerta, con el rostro encendido por el baile.

—¿Qué...? —preguntó papá, jadeante— ...¿qué es lo que extrañas?

—Algo —susurró Paloma; luego cambió de tono—: No sé qué es exactamente, pero extraño algo.

—Lo sé —dijo mamá—. Estoy inquieta. Mañana sale el último transbordador del verano. ¿Y luego?

—La isla será nuestra otra vez —dijo papá—; todo volverá a ser tranquilo y apacible, y solamente para nosotros.

—Algo emocionante —farfulló Paloma; sus ojos brillaban llenos de recuerdos—. Necesitamos que suceda algo nuevo y emocionante.

—¿Como por ejemplo cenar? —sugirió papá.

—¡Ay! —Mamá dio un brinco tan repentino que el columpio del pórtico estuvo a punto de tirar a Paloma—. El estofado está listo. Tenme esto. —Le dio el tazón con la masa a papá.

—¿Qué es? —preguntó él, dándole una probada.

—Eso era el postre, querido —le respondió Paloma. Se levantó muy despacio, y luego, con un destello de sonrisa y estremeciéndose, como un pájaro, entró en la casa.

—¡Cuánta emoción! —dijo papá con una sonrisa triste. Y nos miró—. Esto ya es suficiente emoción —hizo una pausa—, ¿o no? —agregó para sí mismo.

Cenamos mientras el sol se ponía; celebramos con velas en la mesa, como todos los años, que al día siguiente los visitantes de la isla partirían. Las estaciones en nuestra isla nacían y declinaban con un ritmo como el de las mareas. Nos apropiábamos del otoño con sus colores fugaces y sus hojas que volaban hasta desaparecer por completo, y entonces podíamos apreciar la forma de la isla. La tierra también se alzaba y caía a partir del extremo norte donde se elevaba el faro, ahuecándose para formar los valles como manos que atrapan el agua de las charcas.

Pronto llegaría el invierno, los vientos azotarían las ventanas de la casa y el mar se volvería negro. Las gaviotas se instalaban en nuestro pórtico para protegerse del viento, acechando la llegada de la primavera, que aparecía tan rápido y con tal frío que casi no nos percatábamos de que ya estaba allí. Luego vendría el verano; los turistas nuevamente saldrían del transbordador, invadiéndonos, llenando el aire con sus voces. Y, una vez más, al final del verano se irían como la marea, dejando tras de sí pequeñas señales de su presencia: una pala de niño con el mango roto, un calcetincito blanco al borde del mar. Fragmentos de sí mismos dejados ahí a manera de adiós.

De pronto, mientras comíamos, una gaviota planeó por encima de la casa, y su grito enloquecido nos sobresaltó. Alzamos la vista y luego nos miramos unos a otros. Risas y miradas nerviosas. Pero no había razón para estar nerviosos ese día.

Fue al día siguiente, después de que el último transbordador se llevara a los veraneantes, cuando sucedió. ◆

Capítulo 2

◆ RÁFAGAS DE VIENTO que venían del agua lanzaron el sombrero de Lalo playa abajo. Corrió tras él, levantando nubes de arena con sus pies. Un papalote cayó haciendo remolinos detrás de él, y se hundió en el agua. A nuestras espaldas se oyó un suspiro colectivo: los turistas en el pórtico del hotel de los papás de Lalo. Estaban alineados como pájaros sobre un cable, con sus maletas hechas, las caras enrojecidas y las narices pelándose por el sol. Era el fin del verano.

—¡Lalo! —gritó el señor Baldelli desde el pórtico, y corrimos a llevar las maletas hasta el camión del hotel, en espera de propina.

—Mi sombrilla, no se te olvide, Alondra —demandaba la señora Bloom. Ella venía cada verano; traía su sombrilla de playa, su silla y un perrito lanudo cuyo nombre completo era Craig Walter. Yo tomé la sombrilla amarilla de la señora Bloom, mientras Craig me pelaba los dientes instalado entre sus brazos.

La familia Willoughby sujetaba ramos de flores silvestres, que ya escaseaban. Sus niños llenaban las maletas con piedras, con cangrejos muertos y con erizos de mar que se hacían pedazos antes de llegar a casa.

Lalo y yo nos sentamos en la parte trasera de la camioneta para aprovechar el corto paseo junto a la playa hasta llegar al muelle.

Rebasamos gente en bicicletas, con las canastillas llenas. Pasamos junto a padres que paseaban con sus niños, bebés llevados en "canguro" y perros que husmeaban el suelo detrás de ellos.

En el muelle los coches se habían alineado para partir. Ahí estaban Godo y su grupo, tocando "Rueda el barril", la única canción que se sabían. Godo tocaba el acordeón y Rolando el violín. Arturo tocaba su saxofón y el viejo Pedro hacía sonar solamente tres notas en su gaita: mayor, menor, y "una cosa disminuida", como lo definió mamá.

Papá también estaba ahí, despidiéndose de algunos veraneantes. Vi su barba crecida, la incipiente barba de invierno que cada año rasuraba en junio, antes del regreso de los turistas. Paloma y mamá estaban ahí también. Las piernas de Paloma fulguraban y su pelo revoloteaba al viento como nieve agitada. Mamá le entregó un paquete a una mujer, y luego, desde el otro lado del muelle, nos sonrió a Lalo y a mí porque había vendido un cuadro. Un niño en overol corrió hacia el borde del muelle con los brazos en alto, hasta que su padre, riendo, lo alzó en brazos y lo columpió por encima de su cabeza. Cerca de nosotros, una mujer joven con un bebé en brazos nos observaba. Luego estalló una pelea de perros, que terminó en cuanto sus dueños jalaron las respectivas correas.

Los coches, repletos de maletas, bolsas de dormir y hieleras portátiles, con sillas de playa atadas sobre el techo, empezaron a avanzar hacia el transbordador. Luego tocó su turno a las bicicletas.

—Adiós —gritaba la señora Bloom, agitando una de las patitas de Craig hacia nosotros.

—Adiós —le respondimos.

Y las puertas se cerraron con un chasquido metálico. Los cordajes enormes fueron apilados sobre la borda.

Sorpresivamente, Godo, Rolando, Arturo y el viejo Pedro empezaron una nueva canción.

—¿Qué es esto? —exclamó mamá a mis espaldas.

—Aprendieron algo nuevo —gritó Lalo.

—¿Y qué es? —pregunté.

—"Gracia sin par" —dijo papá, con una sonrisa burlona.

La Reina de la Isla zarpó, y mi madre empezó a reír. Paloma cantaba con su voz quebrada:

Gracia sin par, qué hermoso sonido,
que salvó a alguien como yo, perdido.
Alguna vez me extravié pero me he encontrado:
estaba ciego, y ahora veo.

Cuando el barco alcanzó el rompeolas, nos tapamos los oídos mientras la sirena sonaba. En lo alto, el cielo estaba azul, con nubes bajas flotando como espuma. Sin el ruido, era como un cuadro de mamá. Luego todo quedó en calma. Partimos un puñado de gente. Godo y el resto de la banda guardaban sus instrumentos, el papá de Lalo lavaba su camioneta con una manguera en el extremo del muelle, los isleños se retiraban. Una pareja desconocida se tomó de la mano. Tal vez volarían por la noche en el pequeño avión. La mujer con el bebé nos observaba todavía. Una nube se deslizó frente al sol.

Fin del estío.

❦

—Tu mamá lloró —decía Lalo mientras caminábamos de regreso a través de los campos.

—Siempre llora al final del verano —dije—. Al final de cualquier cosa; en las bodas —miré a Lalo—, y durante los desfiles.

Lalo soltó una carcajada. El desfile del 4 de julio lo encabezaban la cabra de Godo y el camión cisterna; aun así mi mamá lloraba.

Lalo y yo nos sentamos sobre la roca junto a la charca. Chinches de agua flotaban en la superficie; un pez brincó, produciendo ondas concéntricas. Muy lejos, en el horizonte, el transbordador era ya un puntito cada vez más pequeño, con un hilo de humo saliendo de su chimenea.

—Bueno —dijo Lalo, quien iniciaba la mayoría de sus frases con "bueno". La señorita Minifred, bibliotecaria de la escuela, intentaba quitarle ese hábito.

—Haz un esfuerzo, Lalo —le decía la señorita Minifred—. Vas a echar a perder tu propia boda cuando te pregunten si tomas a esta mujer por esposa y tú empieces diciendo: "Bueno…" También echarás a perder los últimos momentos de tu vida, si es que quieres dejar unas maravillosas palabras para la posteridad.

La señorita Minifred gustaba de las palabras maravillosas. Amaba los principios y los finales de los libros. Adoraba las frases hechas y los proverbios, y también las descripciones de atardeceres y de la muerte. Lalo la llamaba "Érase el peor de los tiempos Minifred".

—Tú representas un trabajo de tiempo completo, Lalo —le dijo la señorita Minifred una vez que él le hizo doce preguntas al hilo.

—Gracias, señorita Minifred —replicó Lalo, sin haber entendido.

Me preguntaba qué haría ella cuando Lalo se fuera de la isla a estudiar la preparatoria. Tal vez se consumiría entre todos los libros con todas sus infinitas palabras hasta que nadie pudiera encontrarla, a menos que abriera un libro. O se fermentaría en la biblioteca, como la sidra de mamá en el patio trasero, que al fin explotó.

—Bueno —repitió Lalo—, mañana comprarás una falda escocesa y el año habrá empezado.

Sonreí.

Mi madre creía en esa tela a cuadros. Significaba comienzos. Cada año yo empezaba la escuela con una falda escocesa, y poco a poco ese inicio se convertía en pasado, porque yo empezaba a llevar camisetas y pantalones vaqueros, y luego bermudas cuando llegaba el calor. En mi clóset colgaban cinco trajes escoceses, uno por cada año, como trofeos.

—Bueno —dije imitando a Lalo, levantándome de la roca al tiempo que arrancaba un manojo de achicorias—, es verdad, mañana yo me pondré el traje escocés y tu madre te comprará una lonchera nueva.

—Y será un año más como todos los otros —dijo Lalo feliz.

Me contagió su sonrisa, pero sabía que estaba equivocado. Todos los años habían sido diferentes debido a lo que yo extrañaba, y que nadie mencionaba. Y todos los años cambiarían aún más de lo que Lalo y yo suponíamos, porque mientras caminábamos por la pradera de achicorias y rosas reina, mientras subíamos y dejábamos atrás la cuesta, en dirección a mi casa, la canasta estaba ya en la entrada para autos, con una nena llorando dentro de ella.

Mamá estaba atónita, con sus manos sobre el rostro. Papá tenía un aspecto sombrío, paralizado, perplejo. Sólo Paloma se veía felizmente satisfecha, como si algo maravilloso, algo deseado, hubiera sucedido.

Y realmente había sucedido.

La emoción que tanto esperaba estaba ahí. ◆

A veces soñaba con cabellos blancos, como de seda, que tocaban su rostro, y piedras blancas diminutas que rodaban. Guijarros de playa, tal vez. Y llanto. Casi podía sentir el sabor de sal de las lágrimas cuando pensaba en ello; el sabor de la memoria. ¿Por qué, entonces, no se asustaba cuando recordaba esto?

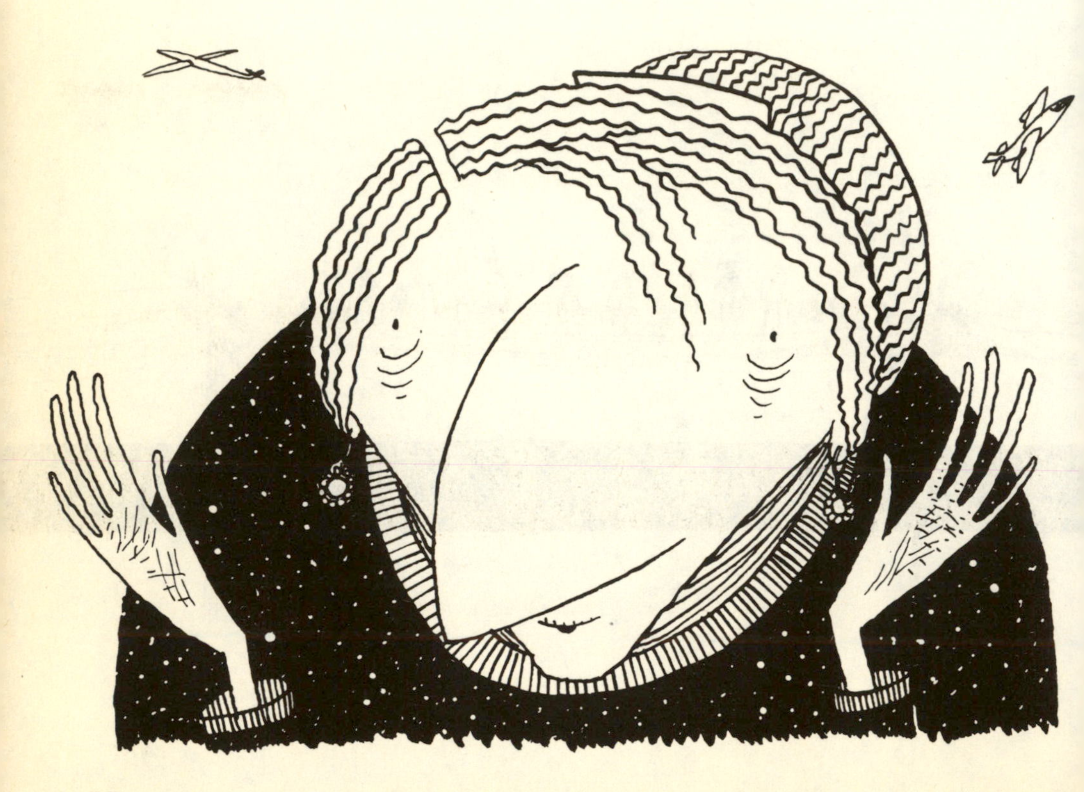

Capítulo 3

◆ LA BEBÉ dirigía su mirada de un rostro a otro, y luego, de pronto, cesó de llorar. Todo estuvo en paz entonces, nadie se movía, como si fuéramos actores que habían olvidado sus líneas. Lalo se puso enfrente de mí, y miré a Paloma, sonriente; por encima de su hombro observé la mirada sombría de mi padre, y a mi madre, tensa y pálida. Entonces todos miramos cómo la bebé se incorporaba lentamente e intentaba salir del canasto. Las manos de mamá esbozaron un gesto protector, aleteando como pájaros; Paloma adelantó un paso, pero la bebé, que tenía enrollados los pies en una manta, cayó con todo su peso sobre el suelo y empezó a gemir con tono triste, como el de un gato perdido. De un solo movimiento, Paloma se inclinó y la alzó en brazos. Y mientras la bebé se aferraba a Paloma, mamá se agachó y recogió una hoja de papel. El papel se agitaba con la brisa. ¿O sería la mano de mamá que temblaba? Lalo retrocedió, apretó mi mano y me acercó a él. Sabía que me estaba protegiendo, pero ¿de qué? Lo que siguió fue una escena en cámara lenta: papá tomando el papel de las manos de mi madre y leyéndolo en voz alta; mi madre empezando a llorar. Era un llanto silencioso, en el que sólo corrían las lágrimas por su rostro. Yo miraba fijamente a mamá. Nunca la había visto llorar de ese modo. Por alguna razón era terrible la escena, así, sin sonido.

La voz de mi padre temblaba mientras leía: "Ésta es Sofía. Tiene casi un año, y es buena niña".

Sofía. Al oír su nombre, la bebé se volvió a mirarlo y dejó de llorar. Papá miró a Sofía, fijamente, por un momento. Tragó saliva y continuó. Lalo me jaló y cuando nos acercamos Sofía se volvió a mirarnos. Alzó una mano para frotarse la oreja.

"No puedo hacerme cargo de ella por ahora, pero sé que estará en buenas manos con ustedes", leyó papá. "Los he observado. Ustedes serán una buena familia para ella. Yo la perderé para siempre si ustedes no aceptan, así que por favor consérvenla con ustedes. Mandaré dinero cuando pueda. Un día regresaré a buscarla. La amo."

Lalo sostenía aún mi mano. Papá miró a mamá.

—Escribió "por favor" con faltas de ortografía —dijo con suavidad.

Lalo tendió su mano hacia Sofía, que estaba en brazos de Paloma. Sofía se lo quedó mirando y luego extendió la mano para tocar la suya. Lalo sonrió. Un balbuceo de satisfacción salió de la garganta de Sofía, y empezó a agitar la mano de Lalo de arriba abajo, mirándolo con fijeza como si esperara algo conocido. Lalo tomó la otra mano de Sofía y la agitó de arriba abajo; de pronto Sofía sonrió por primera vez.

Papá miró a mamá, como si la sonrisa de Sofía le hubiera dado energías.

—Llama a la policía —dijo.

Paloma respiró profundo, casi sofocada.

—Tenemos que reportar esto —indicó papá rápidamente—. Esta niña ha sido abandonada. Es un acto criminal.

Sofía aspiró, imitando a Paloma.

Mamá no contestó. Tendió los brazos hacia Sofía, quien le dedicó una mirada intensa y pensativa.

—¿Sofía? —dijo mamá suavemente.

Canturreó su nombre, como si fuera una canción de cuna.

Sofía observó a mamá. Se llevó dos deditos a la boca y después de un momento los retiró.

—Sofía —repitió, con voz clara y sonora como una campana.

Entonces se abalanzó hacia mamá, casi cayendo de los brazos de Paloma. Los brazos de mamá la rodearon.

—Lilí —la voz de papá retumbó—, tenemos que hablar allá adentro. A solas, sin la bebé.

—Sin Sofía, Juan —corrigió mamá.

—Sin Sofía —concedió papá lentamente.

—Sofía —repitió Sofía con su vocecita.

Mamá sonrió y también Paloma. Se miraron como si compartieran un secreto, algo que no sabíamos.

—Ten —dijo mamá a Paloma, dándole a Sofía para que la cargara—. Voy adentro a discutir sobre actos criminales.

—¡Uy, uy, uy! —susurró Lalo a mi lado—. ¡Uy, uy, uy!

Afuera todo estaba en calma, tibio y apacible. Ninguna nube empañaba el cielo. Lalo y yo estábamos sentados en el césped con Sofía, jugando a las palmadas.

—Sabe jugar —dijo Lalo con una sonrisa llena de asombro.

—Todos los bebés saben —repuso Paloma. Me miró—. Quien los quiera siempre les enseñará.

Se sentó sobre los escalones con su vestido y sus medias de fantasía, observando a Sofía y desentendiéndose de las voces altisonantes que procedían de adentro. Oíamos la voz de papá, potente y por momentos furiosa, y luego la de mamá, con ese modo dulce y suave de hablar que tenía cuando estaba seria y enojada, como en un murmullo sostenido.

De pronto, las voces callaron y el silencio nos hizo levantar la mirada. La puerta se abrió. Mamá salió primero y luego papá. Él se veía cansado, igual que cuando acababa de bailar su *tap* cotidiano.

Paloma se puso de pie y miró a mamá. Sofía se volvió y extendió un brazo hacia ella.

—Se quedará con nosotros por un tiempo —anunció mamá con suavidad.

—Hasta que lleguemos a un acuerdo civilizado sobre qué hacer —agregó papá con firmeza.

Paloma sonrió. Papá se sentó fatigosamente en los escalones del pórtico.

—¡Uy, uy, uy! —repitió Lalo por tercera vez.

Paloma alzó a Sofía y dio vueltas hasta que la hizo reír. Una avioneta de la isla planeó sobre nuestras cabezas y se alejó. El collar de Paloma se reventó, bañando a Sofía de perlas que cayeron sobre el césped como lágrimas. ◆

Capítulo 4

◆ ERA DE NOCHE, la primera noche que Sofía pasaba con nosotros. La luz de la luna se deslizaba lentamente por mi colcha como la marea, cuando oí su primer gemido. Se oyeron pasos precipitados, una puerta que se abrió y luego se cerró, y por último la voz suave y reconfortante de mamá. Me di la vuelta y me quedé mirando por la ventana. Había estrellas regadas por el cielo y una luna casi llena a la que sólo le faltaba una rebanadita. Sofía gritó más fuerte, luego se abrió una puerta y se volvió a cerrar. Levanté mi cabeza de la almohada y escuché. Un nuevo sonido se dejó oír desde abajo. El llanto cesó, pero yo conocía bien ese nuevo sonido. Me levanté y fui a abrir la puerta. Una luz alumbraba el vestíbulo. Caminé por el frío piso de madera, bajé las escaleras y me detuve, con mi mano en el remate del pasamanos. Una lámpara brillaba en la sala. Mamá estaba sentada en el piso con Sofía en brazos. La cara de Sofía mostraba los surcos de las lágrimas, y una marca de almohada en una mejilla. Pero miraba atenta a mi padre, con la boca abierta. Él, con el cabello en desorden y ojeras, traía puesta su pijama y sus zapatos de *tap*, y bailaba sobre la mesa de mosaicos. Mamá lo acompañaba cantando:

Niños y niñas juntos,
Mami O'Rourke y yo
viajamos sobre las luces
fantásticas de Nueva York.

Papá terminó y mamá le aplaudió. Se hizo el silencio. Sofía lo miraba con la boca abierta. Papá bajó de la mesita y Sofía empezó a aplaudirle a su vez.

—Má —decía—. Má.

—Más —aclaró mamá.

Papá suspiró.

—Ya sé lo que quiere decir "má", Lilí —dijo con aire malhumorado.

Entonces me vio sentada en el último escalón de la escalera.

—Ya sé lo que quiere decir "má" —repitió.

De pronto me sonrió y yo le corresondí. Estábamos pensando en las veces que papá bailó para mí todas esas canciones de medianoche cuando yo estaba enferma, y el gran esfuerzo con que trataba de enseñarme los pasos que yo era incapaz de aprender.

Sofía bostezó y mamá se puso de pie con ella en brazos. La nena recargó su cabeza en el hombro de mamá.

—Gracias —le susurró a papá.

Pasó junto a mí en la escalera. Los ojos de Sofía ya estaban cerrados.

Papá suspiró y caminó hacia la puerta de alambre, la abrió y salió al pórtico. Lo seguí.

Se sentó en los escalones, y yo a su lado.

—Las estrellas —me dijo.

Asentí. Sabía que hablar sobre estrellas sustituía lo que no nos atrevíamos a decir.

—La Vía Láctea —dije. Y señalé el cielo—: las Pléyades.

Papá posó su brazo sobre mis hombros.

—¿Nadie te ha preguntado lo que piensas de todo esto?

—Mamá no hace ese tipo de preguntas —le dije sin rodeos—. Ya no lo hace. —El tono de enojo de mi voz me sorprendió.

—No —susurró—. Pero yo sí te lo pregunto.

—Nunca tuve... —callé—. Nunca tuve una hermanita —dije lentamente. Miré a papá y me di cuenta de que ambos pensábamos en otra cosa. En otra *persona.*

—Ésa no es la cuestión, Alondra —contestó papá con suavidad.

Los insectos zumbaban en la hierba. Una gaviota chilló a lo lejos, planeando sobre el mar.

—Me gusta Sofía —afirmé—. No es que la quiera.

—No lo hagas —dijo papá. No te encariñes con ella. —Suspiró—. A mí también me gusta —agregó tras una pausa.

—Mamá se va a encariñar muy pronto —dije en un susurro.

—Si no es que ya lo hizo —murmuró papá.

—Tengo miedo —contesté después de un momento—. Por mamá.

Hubo un silencio.

—Sí —dijo papá—. Pero no te toca a ti protegerla.

Miré a papá.

—¿Y a ti sí? —le pregunté.

Papá, de momento, no respondió.

—No, si ella no me lo permite —contestó.

Permanecimos sentados por largo rato, mirando cómo las nubes cubrían la luna como redes. Poco después supe que no había más que decir. No por el momento. Me levanté y entré en la casa, subí las escaleras y me metí en la cama. Pronto, justo antes de dormirme, oí el ruido de cubitos de hielo en un vaso, y luego, como mensajes, mi padre bailando. Escuché durante la mitad de la noche su zapateado sobre los mosaicos, mientras la luna cruzaba el cielo y desaparecía.

❦

—¿Bueno? —saludó Lalo en la puerta. Sonrió con su extravagante sonrisa matutina. Probablemente había dormido con la sonrisa en la boca.

Mis ojos se abrían con dificultad frente a la luz intensa de la mañana.

—Están en la cocina —dije.

Lalo pasó junto a mí. Yo permanecí mirando hacia la luz, luego azoté la puerta.

—Gracias por decirme "buenos días" —le dije con voz tan fuerte que yo misma me sorprendí.

—Hola, Alondra —gritó él volteando la cabeza, antes de desaparecer rumbo a la cocina—. Bueno, Sofía —lo oí decir—, ¡yo soy Lalo!

Escuché un "la" encantado de Sofía.

Caminé hasta la cocina y me recargué en la barra. El sol matutino entraba por la ventana, derramado sobre la colección de botellas de cristal de mamá. Paloma estaba sentada, con su bata de baño de terciopelo. A la luz del sol, las arrugas de su rostro se veían como vidrio esmerilado. Papá bebía jugo de naranja y leía el periódico. Sofía estaba sentada en mi vieja silla alta, con la cara toda llena de cereal. De repente me sonrió.

—¡Lo! —exclamó, invitándome de su cuchara.

No pude evitar sonreírle. Sus diminutas hileras de dientes parecían perlas cultivadas de uno de los broches de Paloma. Entonces caí en la cuenta, como ese dolor agudo que me da de repente cuando nado demasiado rápido, de que no sólo tenía miedo por mamá sino también por mí. Miré a papá y él a mí. Su mirada era casi como una advertencia que decía: "no, Alondra, no".

Lalo vio la expresión de papá y su sonrisa se desvaneció.

Me di media vuelta y salí de la cocina hacia el pórtico, en busca de un poco de aire. Bajé los escalones y salí al jardín, pero aún escuchaba la voz aguda y alegre de Sofía. Tras una breve pausa caminé más allá de la charca, entre los campos, hasta el pequeño cementerio que se encontraba en lo alto de una colina cerca del mar, donde lo único que podía oír era el sonido del mar y del viento. Allí había una pequeña piedra, rodeada de grandes lápidas con ángeles y flores y nombres grabados. No había ningún nombre sobre ésta, tan sólo la palabra "Bebé" y una fecha que indicaba que quien estaba enterrado ahí sólo había vivido un día. Sentí que algo se movía junto a mí. Era Lalo.

—Bueno, Alondra —empezó a decir con voz apenas audible; sus palabras casi se confundían con el viento.

Sacudí la cabeza. Quería decir algo, pero Lalo y yo habíamos hablado de esto muchas veces. Con quienes quería hablar era con mamá y papá. Sólo que mamá y papá no hablaban. No de este asunto.

Lalo suspiró junto a mí. El viento rizó la hierba crecida. Y permanecimos ahí, mirando en silencio la piedra que señalaba la tumba de mi hermanito. ◆

BEBÉ

Más que nada ella recordaba al hombre. Sus manos, fuertes y morenas. Podía sentir el retumbar de su pecho cuando la abrazaba, el sonido de la melodía pasando a través de él y rodeándola, haciéndola sonreír. Todavía ahora sonreía al pensar en ello. A veces, en medio de una multitud, oía una voz, se volvía, lo buscaba. No era tanto su rostro lo que ella buscaba.

Eran sus manos lo que recordaba.

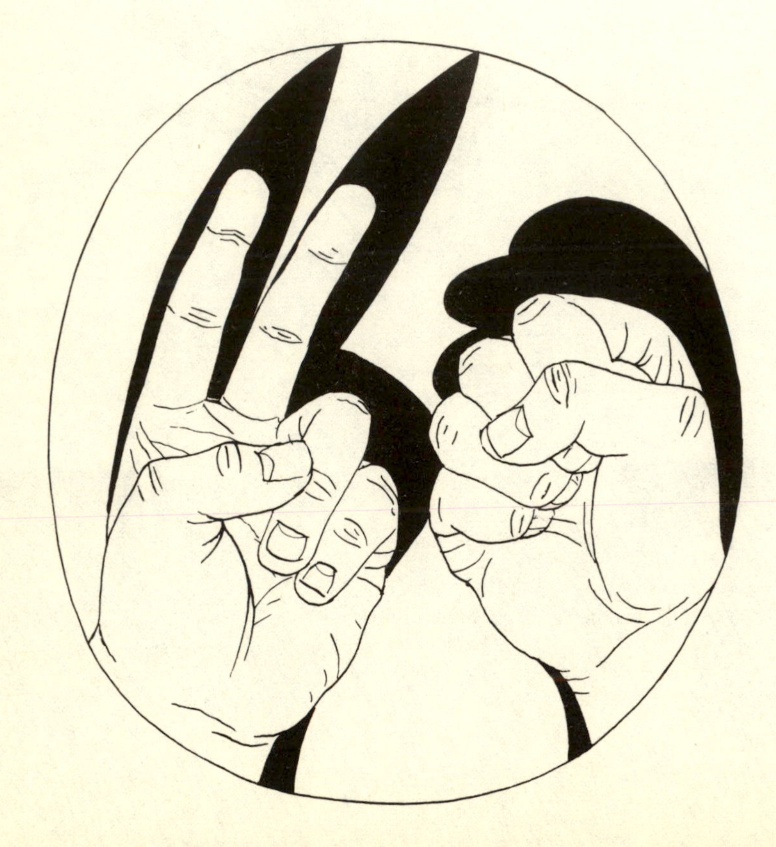

Capítulo 5

◆ PIEDRA, PAPEL, TIJERAS. Papá intentaba enseñarle a Sofía. Estaban sentados en el pórtico; Sofía en su regazo, mientras él extendía sus manos una y otra vez.

—Piedra, papel, tijeras. Sofía, ¿tijeras?

Papá sabía que era demasiado pequeña. No podía saber que papel cubría piedra, que piedra quebraba tijeras, y que tijeras cortaban papel, pero a papá no le importaba, y tampoco a Sofía. Había algo en las manos de papá que le gustaba, y disfrutaba verlo hacer piedra, papel, tijeras. Escondía sus manos tras la espalda, y no era sólo la forma que tomaban cuando salían de su escondite, eran sus manos lo que le gustaba a Sofía.

—Má —dijo Sofía.

Mi madre sonrió desde el columpio del pórtico.

—Deberíamos enseñarle algunas palabras —dijo—. Manos, Sofía, manos.

—Má —dijo Sofía, frunciéndole el ceño.

Papá se rió del gesto y Sofía también, con un sonido como de agua cayendo sobre rocas.

—Papá —dijo mi madre de pronto—. Di "papá".

Lenta, muy lentamente, papá se puso de pie. Depositó a Sofía sobre el piso del pórtico. Se volvió hacia mi madre y su silencioso enojo hizo que Sofía volteara a verlo.

—Lo siento —se disculpó mi madre rápidamente—. No quise decir eso, Juan.

—Sí, Lilí, sí lo quisiste decir —respondió papá—. Eso dijiste. No soy su papá, *no* lo soy. En algún lugar... —Su voz tembló e intentó sostenerla— ... en algún lugar se encuentra un hombre que *es* su padre. Y algún día, tal vez pronto, su madre vendrá por ella. No es tuya, Lilí. No es nuestra.

Calló un momento, y cuando volvió a decir algo su voz sonó ruda, como rocas chocando entre sí.

—Sofía no es una sustituta —agregó con lentitud.

Mamá abrió la boca como para decir algo, pero la volvió a cerrar. Entonces sentí la piel helada, como el día del primer chapuzón de primavera en la bahía.

—Lo siento, Lilí —dijo papá con suavidad—. Había que decirlo.

Papá se dio la vuelta, bajó los escalones y continuó por el pasto hacia el camino que llevaba al pueblo. Sofía le extendió una mano, pero él estaba de espaldas y no la vio. Mi madre se puso de pie, nos miró y se fue detrás de él. Se hizo el silencio.

Paloma suspiró.

—Ah, bueno. Aquí estamos, al fin solas, Sofía —dijo Paloma, tratando de animarse.

Paloma miró a Lalo y luego a mí, sus ojos brillaban llenos de lágrimas.

—Esto no va a ser fácil —dijo—. Esto es algo muy importante que hay que hacer, por Sofía y especialmente por tu mamá y tu papá. Pero no va a ser fácil. ¿Comprendes?

Yo comprendía. Claro que sí. Sabía que lo que quería decir era lo que había dicho papá. Sofía no era nuestra. Algún día se iría. Algo más que extrañar.

—¿Por qué es importante? —le pregunté.

Le pregunté por mí, pero más que nada también por Lalo, que abrazaba a Sofía como si nunca la fuera a soltar.

—Es importante, Alondra, porque le estamos dando a Sofía algo que se llevará consigo cuando se vaya.

—¿Qué? —preguntó Lalo—. ¿Qué es lo que se va a llevar?

Sofía miraba a Lalo y puso sus dedos sobre sus labios para sentir cómo se movían.

—A nosotros —respondió Paloma con firmeza.

—¿Y qué nos quedará cuando se vaya? —pregunté.

Paloma me miró y meneó la cabeza, porque no podía decir palabra.

El sol salió de pronto detrás de una nube. Sofía alzó sus brazos hacia él. Y entonces Lalo preguntó lo que ninguno de nosotros se había atrevido a decir en voz alta.

—¿Qué pasaría —dijo Lalo mirando fijamente a Sofía— si su mamá no regresa nunca?

Paloma observó a Lalo por un instante, luego miró hacia el mar, como si hubiera allí algo importante que ver. Entonces susurró su respuesta.

—¿Qué? —preguntó Lalo inclinándose hacia ella.

—Volverá, Lalo —dijo Paloma—. Volverá.

❦

Ya era tarde cuando mamá y papá volvieron a casa. Lalo y yo habíamos pasado la tarde tratando de enseñarle palabras a Sofía. "Adiós", "Alondra", "Lalo", "manos". Paloma y Lalo ponían la mesa para la cena. Yo estaba sentada en el pórtico, con Sofía dormida en brazos, cuando los vi subir por el camino del pueblo. Caminaban despacio por el césped, mi padre por delante. Sofía suspiró entre mis brazos. La abracé más fuerte, y observé. El rostro de mi madre estaba apaciguado, el de mi padre triste.

Sofía se despertó sin llorar y se incorporó, mirándome. Entonces volteó y los vio. Le tendió los brazos a mi padre.

Habló, y la palabra sonó tan clara como un cielo de otoño.

—Manos —dijo. ◆

Capítulo 6

◆ NO PODÍAMOS mantener en secreto la presencia de Sofía; una niñita en nuestra casa. Tratamos de inventar historias.

—¿Una sobrina? —sugirió papá—. Una sobrina de la que no teníamos noticia desde hace tiempo.

—Una prima —dijo mamá—. El bebé de algún primo que nos encargaron durante el invierno.

—Eso suena a hibernación —dijo papá.

—Tal vez una princesa real —remató Paloma en tono sarcástico— que cayó de un globo.

Así que abandonamos el intento y dijimos la verdad. Y Sofía se convirtió en la hija de la isla: todos la querían, todos le daban de comer, la paseaban, le leían y le cantaban canciones.

La llevamos al doctor "Desafortunato", como lo llamaba Paloma, porque su mujer hablaba sin parar. Su verdadero nombre era doctor Fortunato, y Sofía soplaba en su estetoscopio y lo hacía reír. Leyó la nota dejada por la madre de Sofía.

Devolvió la nota. Miró con detenimiento a mamá.

—¿Cómo se siente al respecto? —le preguntó con suavidad.

—Bien —contestó mamá—. Bien —repitió más fuerte.

El doctor Fortunato echó un vistazo a papá, y luego miró a Sofía.

—Sofía está sana —dijo—. ¿Aún no empieza a caminar?

—No por sí sola —contestó mamá.

—Se trepa a los muebles —le dije yo.

—Baila parada sobre mis pies —agregó papá.

El doctor Fortunato sonrió.

—Llámenme cuando aprenda el primer paso de *tap* —indicó.

❦

A Sofía le gustaban las zanahorias y le disgustaba la leche. Escupía los betabeles. Odiaba el baño, y gritaba tan fuerte que debíamos cerrar la ventana para que nadie la oyera; pero le encantaba sentarse en el agua de la bahía hasta que su piel se arrugaba, vaciando agua de una cubeta a otra. Por las tardes dormía la siesta con Paloma, quien le cantaba todas las canciones que conocía: canciones de cuna, melodías de comedia, himnos, canciones folklóricas e incluso una vez cantó con voz fuerte y briosa algo sobre un marinero ebrio, hasta que papá le fue a tocar en la ventana para que se callara.

El año escolar empezó, y me disponía a mi primer día de clases. No había traje escocés.

—¿Por qué? —le pregunté a mamá.

Mamá vio la expresión de mi rostro.

—Pero, Alondra, siempre pensé que odiabas esos trajes a cuadros.

—Bueno, sí —dije—. Los odio.

Le sonreí a mamá, pero mi propio pensamiento me sorprendió: "Pero de cualquier manera quería uno, mamá".

Sofía lloró cuando me fui. Estaba sentada con su piyama puesta;

extendía sus brazos hacia mí, haciendo puchero con el labio inferior.

—Lo —gimió afligida.

Lalo llegó para acompañarme a la escuela.

—¡La! —dijo Sofía sonriente.

—Podría quedarme en casa y no ir a la escuela —dije.

—No harás tal cosa —respondió mamá—. Tendrá que aprender que vas a regresar.

La biblioteca de la escuela estaba recién pintada y el olor a pintura se mezclaba con el de libros nuevos. Las repisas estaban limpias, los libros perfectamente alineados como si nos desafiaran a bajarlos de allí y leerlos. La señorita Minifred estaba acicalada y limpia, lista para recibirnos.

—Buenos días. Siéntate derecho, Lalo —ordenó—. Tumbarte así puede impedir que la sangre te llegue al cerebro.

Lalo sonrió. Debajo de la mesa de la biblioteca estaba su nueva lonchera, negra y brillante como el cabello de la señorita Minifred. Para Lalo era un año como los demás.

—Este año vamos a hablar del poder del lenguaje —anunció la señorita Minifred—. El poder de las palabras y cómo las palabras pueden hacerte cambiar.

Yo miraba con atención a la señorita Minifred.

Pensé: "¿Y qué sucede cuando no hay palabras? El silencio también puede cambiarlo a uno, señorita Minifred".

La señorita Minifred me miró como si hubiera leído mi pensamiento.

—Palabras —repitió.

Miró en otra dirección, a través de las ventanas de la biblioteca, como si escuchara palabras que venían de lejos. Y luego ondeó su mano señalando los libreros de la biblioteca.

—Esta habitación, estos libros, contienen el poder de cien huracanes. Palabras maravillosas —dijo la señorita Minifred.

Lalo y yo intercambiamos miradas y sonreímos. Un año más.

❦

Mamá tenía razón. Cuando Lalo y yo subimos los escalones del pórtico luego de la jornada escolar, Sofía nos esperaba con el rostro pegado contra el cristal de la ventana.

Durante la segunda semana de clases Sofía dio su primer paso, impulsándose desde la mesa de baile de papá. Papá aplaudió, Paloma sonrió, mamá lloró, y a partir de ese momento Sofía caminó; a veces inclinada hacia adelante como si el viento la empujara; otras veces tambaleándose, y entonces nuestras manos se extendían para protegerla.

Sofía paseaba por los caminos de tierra de la isla en la sillita trasera de la bicicleta de mamá, señalando gatos y perros con la mano. Aprendió a saludar ahuecando la palma de la mano y saludándose a sí misma. Aprendió lo que quería decir la palabra "caliente" cuando tocó la puerta del horno, y aprendió que "no" significaba "no" cuando se acercaba a los lienzos frescos de mamá.

Y así, de pronto un día empezó a poner las manos detrás de la espalda y a sacarlas en forma de puño, con la palma abierta o con dos dedos haciendo una figura.

—Piedra, papel, tijeras —dijo papá con suavidad—. Sofía aprendió. No sabe lo que quiere decir, pero ya aprendió.

Mamá sonrió.

—Así es con los niños —dijo Paloma. Y, tras una pausa, añadió—: Un día se acordará de todo esto de algún modo, ¿saben?

Miramos a Paloma y luego a Sofía. Mamá se apartó de la ventana y su sonrisa se desvaneció, al tiempo que todos pensamos en la mamá de Sofía. Papá observó a mamá. Era como si Paloma, con su frase, hubiera apartado a Sofía de nosotros, a un lugar inalcansable.

Sofía se puso de pie tambaleándose y miró a papá. Levantó un pie y lo bajó. Y lo volvió a hacer.

—El zapateado —susurró mamá—. Quiere que bailes. —Mamá miró a papá—. Quiere que bailes —repitió con voz tan fina que casi se hubiera podido romper.

Hubo un silencio. Luego papá se inclinó y tomó a Sofía en brazos. Empezó a bailar lentamente sosteniéndola en brazos; Sofía esbozaba una sonrisa. Papá no le devolvió la sonrisa. Miraba a mamá mientras cantaba.

Yo y mi sombra
íbamos por la avenida.
Yo y mi sombra,
solos y tristes los dos.
A las doce en punto
subo por la escalera;
siempre llamo,
pero nunca hay nadie.

Papá y Sofía bailaron largo rato; la luz del atardecer los bañaba como un reflector de teatro. Mamá miraba, de pie junto a la ventana; Paloma estaba sentada, derecha como un árbol. El único que sonreía era Lalo.

—Ven, Alondra, baila con nosotros —invitó papá.

—No puedo —dije.

Al día siguiente llegó la carta para Sofía, casi como si las palabras de Paloma sobre la madre de Sofía lo hubieran provocado. Cinco billetes de un dólar cayeron del sobre entre las manos de mamá mientras leía:

Querida Sofía,

Feliz cumpleaños. Te quiero y pienso en ti hora tras hora, cada minuto de cada día.
No me olvides.

Con amor,
Mamá ◆

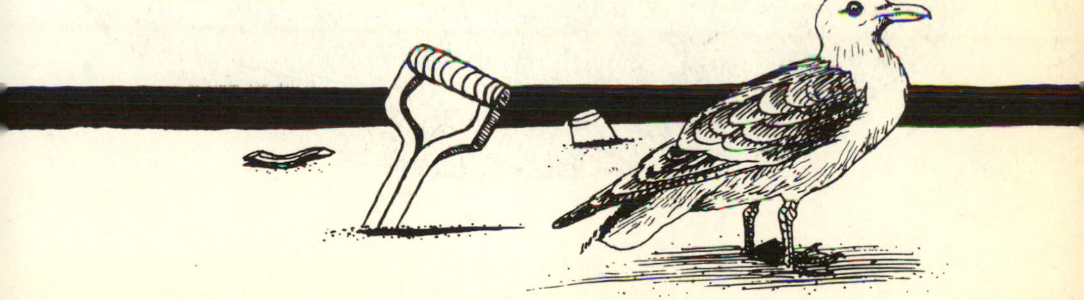

INVIERNO

Ella amaba el viento tanto como la música. Los recordaba siempre juntos, el sonido del viento entre la hierba de la ciénaga y una canción que soñaba, la tonada de una canción que no podía recordar al despertar.

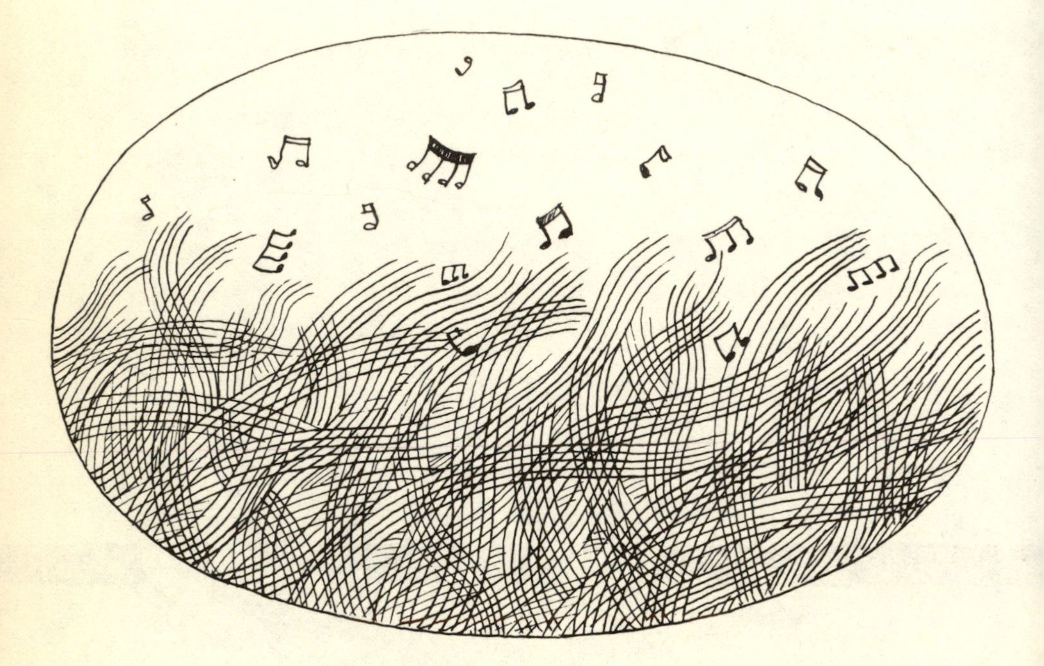

Capítulo 7

◆ EL INVIERNO se precipitó con una nevada sorpresiva la víspera del Día de Acción de Gracias. Le compramos a Sofía un traje para la nieve, con botas y guantes rojos, aunque sabíamos que la nieve nunca duraba. La nieve de la isla era efímera. A Sofía no le gustaron los guantes ni el traje; tampoco la nieve. Le gustaron sus botas rojas de hule; todo el día las trajo puestas en la casa y esa noche se fue con ellas a la cama. Celebramos la cena de Acción de Gracias en el comedor. Las copas resplandecían a la luz de las velas. Sofía tenía sus botas puestas. El doctor Fortunato se detuvo de camino a casa de Rolando, cuya esposa tenía fiebre, pero en realidad venía a visitar a Sofía. Godo comió con nosotros y tocó su acordeón para Sofía. Le gustaba escuchar "Rueda el barril" y le encantaba "Gracia sin par".

—Má —repetía—, má.

—Deberías aprenderte nuevas canciones —le dijo Paloma.

—Estoy trabajando en eso —le contestó Godo, ofendido—. El negocio del alcantarillado es pesado, usted sabe.

Godo empezó a tocar "Gracia sin par" una vez más.

—Le encanta esta canción —le dijo a Paloma—, de veras.

Paloma asintió.

—Sin duda esta niña tiene buen gusto —dijo.

Más tarde fuimos caminando al pueblo, todo el mundo salía a decir "hola" y a saludar a Sofía y a desearnos feliz Día de Acción de Gracias desde sus pórticos. La luz se extendía como una capa de porcelana sobre el agua; el mar estaba en calma y el cielo tenía el color gris de las monedas de plata.

Esa noche papá bailó para dormir a Sofía. Bailó una y otra vez "Yo y mi sombra". Lalo le enseñó a Sofía a soplar besos. Mamá sacó su cuaderno de dibujo y se puso a dibujar a Sofía bajo el haz de luz de una lámpara. Yo miraba por encima de su hombro mientras ella dibujaba los contornos redonditos de Sofía, y luego la figura más grande y angulosa de papá cargándola.

—¿Crees que se acuerda? —le pregunté de pronto.

Mamá volteó hacia mí. Sus ojos brillaban.

—¿Se acuerda?

—Si se acuerda de su mamá —aclaré—. ¿Crees que la extraña?

Mamá me miró fijamente.

—No lo sé —contestó, tras una pausa—. Pero no importa, Alondra. Estamos haciendo lo correcto. —Mamá se apoyó sobre el respaldo y me miró—. Tú lo sabes, ¿no es así? A veces uno tiene que hacer lo que es correcto.

"Lo que es correcto." No contesté, pero sentí mi rostro encenderse por un súbito enojo. Había palabras encerradas en la distancia que nos separaba; palabras que nunca habíamos dicho, palabras sobre lo que yo pensaba que era correcto. Era difícil decir lo que pensaba si no me deshacía antes de esas palabras. Mamá, mirándome como si me leyera el pensamiento, enderezó los hombros y se puso otra vez a dibujar. La conversación había terminado, y el asunto que se interponía entre nosotras quedaba cerrado. Miré su dibujo, odiando la imagen de su mano que se deslizaba por el papel como si barriera todas las palabras que yo necesitaba escuchar. Papá y Sofía cobraban vida sobre el papel, y ahora los dos estaban sentados junto a la chimenea; Sofía imitaba a papá —piedra, tijeras, papel—; sus manos, casi como las de mamá: sombras veloces semejantes a mariposas en el resplandor del fuego.

❦

—Nunca le pusieron nombre —dije.

Estábamos en el lugar predilecto de Lalo en la isla, los acantilados del norte que se alzaban a gran altura por encima del mar. A Lalo le gustaban las alturas; en cambio a mí los peligrosos linderos de la isla siempre me habían atemorizado. "Él no le teme a nada." Lalo volteó y me miró por un momento, como si adivinara lo que yo pensaba. Su cabello revoloteaba sobre su rostro. Giró, y entonces tiró una piedra al agua. Se agachó para observar la piedra en su caída, hasta que desapareció con una minúscula salpicadura, visto a la distancia desde donde estábamos.

Sentí un escalofrío y me calé el sombrero hasta las orejas, mientras enganchaba mis dedos en el cinturón de Lalo, como solía hacerlo.

Lalo se incorporó y me miró. Este clima frío y ventoso era también su predilecto, y sólo llevaba puesta una sudadera.

—No me voy a caer, Alondra. Nunca me caigo, así que deja de preocuparte. ¿Recuerdas? Una vez dormí trepado en un árbol.

Sí me acordaba. Su madre lo había llevado alguna vez a un nuevo peluquero que le cortó el pelo casi al ras. Lalo se escondió de todos y pasó un día con su noche sobre un árbol junto al estanque, hasta que su madre lo tentó con una sopa de col y un pastel para hacerlo bajar.

—Aún no te has caído —le advertí. Miré hacia el agua gris y oscura, con manchones de espuma por doquier—. Pero las cosas suceden justo cuando menos te lo esperas. Pasan cosas que ni siquiera hubieras imaginado.

De regreso tomamos el camino que bajaba del acantilado hacia el pueblo.

—Bueno —dijo Lalo. Podía ver su aliento suspendido en una nube—. Sólo han pasado seis meses desde que él... —Lalo me miró de reojo antes de terminar— ...desde que él murió. Mamá dice que lleva tiempo. Dice que es diferente para cada persona.

No dije nada. Lalo recogió otra piedra y echó el brazo hacia atrás para arrojarla.

—¿Por qué no le pusieron nombre? —pregunté.

Lalo se detuvo un momento y luego tiró la piedra a lo lejos por encima del agua.

—Bueno —dijo, mientras su cabello se alzaba de forma extraña a causa del viento—. Ponle *tú* un nombre.

Me detuve.

—¿Qué?

—Siempre haces lo mismo —dijo Lalo—. Siempre dices "¿qué?" cuando no sabes qué decir. O no quieres contestar. El hecho es que si quieres que tenga un nombre, pues pónselo tú.

Miré fijamente a Lalo y él me sostuvo la mirada. Luego se dio la vuelta y emprendió el camino de nuevo. Yo me quedé en ese lugar mirándolo mientras él avanzaba entre los guijarros de la playa, dejaba atrás los macizos de achicoria y continuaba más allá de los arbustos de enebro.

—¡Eres tonto! —le grité—. ¡Eres muy tonto! ¡Eres el más tonto de los tontos!

De repente el cielo se oscureció en lo alto, una nube tapaba el sol, como en las películas cuando de pronto las cosas se ponían serias y más valía prestar atención. Lalo desapareció tras la colina y yo dejé de gritar. Un poco después su rostro volvió a aparecer, mirándome.

Dirigí la vista al mar nuevamente, y luego caminé tras él. Cuando lo alcancé, él estaba sentado junto al viejo roble enano que se erguía sobre el borde del acantilado.

Permanecí de pie a su lado y observé la ciudad, allá abajo. Desde ahí podía ver un auto que avanzaba por la calle principal, la aguja de la iglesia en el centro y un barco pesquero que entraba en el puerto.

—No me importaría, ¿sabes? No me importaría tanto, si no fuera porque… —me detuve.

Lalo alzó la vista hacia mí.

—Por el hecho de que Sofía está aquí —dijo.

Las lágrimas prorrumpieron. No pude detenerlas. Rodaban por mis mejillas, frías y desconcertantes. Lalo no se movió. No se acercó a abrazarme, o a posar su mano en mi brazo. Sólo tenía la mirada fija en la superficie del agua. Y yo lloraba, pensando en lo que mi padre me había dicho no hacía tanto.

"No te encariñes", me había advertido acerca de Sofía.

No te preocupes, papá. No sé cómo querer a Sofía. No sé cómo querer a Sofía porque no sé cómo querer a mi hermano.

Yo lloraba. Lalo estaba sentado bajo el árbol, sin mirarme.

El sol apareció. ◆

Capítulo 8

◆ —MI DESEO para el mundo.

Perla Pinter estaba de pie frente a la clase, leía con su voz aguda.

Alguien resopló.

La señorita Minifred echó una ojeada inquisidora hacia el fondo de la clase, tal vez a Óscar, quien siempre resoplaba. Tenía cuatro hermanos que resoplaban también. Lalo decía que era parte de sus tradiciones familiares.

—Mi deseo para el mundo —repitió Perla, ajustándose los lentes sobre la nariz—, es que haya paz y hogares para los animales perdidos, especialmente para los gatos.

Otro resoplido. La señorita Minifred sonrió.

Perla, de baja estatura y con lentes incrustados de pedrería, una vez nos había dicho que tenía parientes en la familia real de Inglaterra. Lalo la llamaba "Princesa Perla".

Su voz siguió resonando monótona. Estábamos en la biblioteca, donde el agua escurría por las paredes. Había estado lloviendo durante tres días consecutivos, con tanta fuerza que en casa mamá ponía toallas en los antepechos de las ventanas y en el vano de la puerta, porque el agua se colaba por ahí. Papá salía temprano al trabajo y llegaba a casa por la tarde vestido con su impermeable amarillo, con el viento echándolo casi colina abajo. Paloma cantaba y le leía libros a Sofía, que mostraba feliz con la mano nuevos ríos de agua entrando por la casa.

En la escuela, todos ayudamos a trasladar libros al centro de la habitación, y Rebel, el conserje, subió desde el sótano para cortar la luz. Rebel había llegado a la isla con su motocicleta *Harley-Davidson* cuando tenía dieciocho años, y nunca se había ido. De eso hacía ya quince años. Habíamos visto fotos de él de esa época, y no había cambiado. Todavía era esbelto y con el pelo erizado. Lucía un misterioso tatuaje sobre su brazo, en el que estaba escrito "Eunice Salvaje".

A Rebel le agradaba la señorita Minifred. Leían libros juntos. Lalo y yo habíamos ido un día al final de la tarde a la biblioteca, y ahí estaban frente a una mesa. Rebel sentado en una silla para niños, sonriente, apoyaba su barbilla en las rodillas mientras le leía a la señorita Minifred.

Rebel tenía un librero lleno de libros en el sótano. Lalo lo vio una vez que bajó a pedir un desarmador.

—Es pura poesía —comentó Lalo, impresionado.

—Eso es porque Rebel vive angustiado —dijo Perla—. Toda la gente angustiada lee poesía. Debe haber perdido un amor en algún lado. "Eunice", ya saben. La señorita Minifred lo está ayudando a través del poder de las palabras maravillosas.

Óscar resopló.

—Él tiene muchos amores —dijo en tono burlón—. Lo he visto por ahí con varias chicas en el asiento trasero de su *Harley*.

—Son sólo temporales —dijo Perla; sus lentes de pedrería relumbraban en la habitación oscura—, hasta que "Eunice Salvaje" vuelva.

Ese día Rebel estaba de pie al fondo de la habitación, escuchando a Perla, con la caja de herramientas a sus pies y los brazos cruzados, lo que nos permitía ver "Eunice Salvaje" sobre su bíceps; letras rojas rodeadas de hiedra verde en trazos violentos. Nunca antes se había quedado a la clase. Siempre venía para hacer algún trabajo y luego desaparecía en su cuarto del sótano De pronto me acordé del día en que la cabra de Godo saltó su cerca y cruzó todo el pueblo hasta llegar a la escuela; una aparición extraña en el aula que interrumpió el ritmo cotidiano de la clase. De alguna manera Rebel se veía demasiado grande para la habitación, llenándola con su cuero y sus cabellos erizados.

Rebel notó que lo estaba observando y articuló en silencio: "¿Cómo está Sofía?"

"Bien —le respondí del mismo modo—. Ya camina."

Rebel sonrió ampliamente.

—También —seguía diciendo Perla—, sería bastante excelente tener aire limpio, agua clara y casas limpias. En conclusión… —Se detuvo para tomar aliento— …la limpieza es algo cercano a la divinidad. —Perla miró a la clase y agregó—: Eso dice mi madre.

Del fondo llegó un resoplido.

—Gracias, Perla —dijo la señorita Minifred.

—Allí hay una redundancia —observó Rebel.

Todos voltearon a mirar a Rebel, quien nunca tomaba la palabra cuando estaba en el aula.

—Sí, estoy segura de que la hay —coincidió la señorita Minifred—. No necesitas decir "bastante excelente", Perla. "Excelente" ya incluye ese concepto. Con ella basta.

—Sip —dijo Rebel, quien recogió su caja de herramientas y se

EUNICE

detuvo en el quicio de la puerta a mirar a la señorita Minifred—. Nada puede ser mejor que excelente.

Hubo lo que la señorita Minifred llamaba un "silencio expectante", cuando Rebel salió. Luego la señorita Minifred habló.

—Sip, no hay duda —dijo ruborizándose—. Maravillosas palabras son las que dijo Rebel. "Nada puede ser mejor que excelente."

Lalo y yo nos miramos. Claro está que fue por el "sip". Entonces, en esa habitación tan húmeda que mi cabello había empezado a rizarse solo, Lalo y yo supimos que había algo más que simples palabras entre Rebel y la señorita Minifred.

Lalo se inclinó y me susurró:

—Bueno. ¿Crees que alguien más se haya dado cuenta?

Negué con la cabeza. Todos los demás estaban de ociosos jugueteando con papeles.

—Pobre señorita Minifred, si la "Salvaje Eunice" se llega a enterar algún día —susurré.

De pronto, Lalo me sonrió a mí y luego a la señorita Minifred.

—Creo que la señorita Minifred puede cuidarse sola —dijo en voz baja. Y entonces, como si hubiera oído lo que decía Lalo, la señorita Minifred alzó la mirada hacia nosotros y nos sonrió. Una sonrisa de verdad, mostrando los dientes.

—Mañana es día de poesía —dijo, y su sonrisa se hizo aún más amplia—. El mundo entero puede encontrarse en la poesía. Todo lo que necesitan ver y escuchar. Todos los momentos, buenos y malos, tristes y alegres.

Lalo se inclinó hacia mí.

—Rebel va a volver —susurró.

❦

"El mundo entero".

Lalo y yo caminábamos rumbo a casa por el pueblo. El viento nos empujaba, nuestros pies estaban húmedos aunque llevábamos botas de hule. La bahía se veía negra y las olas mostraban crestas grises. Pasamos junto al edificio del periódico; miré hacia adentro y vi a papá leyendo ante su escritorio; su lámpara de lectura relumbraba sobre la madera. Pasamos la ferretería, la farmacia y el supermercado, a cuyo letrero le faltaba una "R", así que se leía SUPE MERCADO.

Me arrebujé en el impermeable y sostuve mi sombrero de lluvia para que no se lo llevara el viento.

"Todo lo que necesitan ver y escuchar."

Lalo me jaló del brazo.

—¿Qué pasa?

—Mi casa —dijo Lalo.

Miré hacia arriba y vi el hotel y su pórtico todo mojado y barrido por el viento. Lalo me arrastró hasta arriba de los escalones, nos quitamos nuestros sombreros y ahí permanecimos, escuchando la lluvia sobre el tejado del pórtico.

—¿Bueno? —dijo Lalo.

—Estoy pensando en la poesía —le contesté.

—Ya lo sabía —dijo Lalo con aire entendido.

—Y en lo que dijo la señorita Minifred.

Lalo asintió.

—Y también pienso… —empecé a decir.

—El mundo —me interrumpió él.

Lo miré.

—La poesía no es más que palabras —dije.

—Es todo lo que tenemos —replicó Lalo.

Clavé la mirada en Lalo. La lluvia caía con más fuerza.

Cuando me despedí de Lalo, corrí a mi casa bajo la lluvia y el viento. Abrí la puerta y vi a mamá y a Sofía sentadas a la mesa de la cocina; Sofía con los dedos cubiertos de pintura, esparciendo pintura roja sobre el papel blanco. Mi madre se volvió y pude ver sobre su rostro pequeñas huellas rojas donde Sofía la había tocado. Se habían secado y era como si hubieran dejado sus marcas para siempre en el rostro de mamá. Ambas me sonrieron, y Sofía extendió sus brazos para tocarme también.

"La señorita Minifred está equivocada —pensé, mientras dejaba mi impermeable goteando en la entrada y me unía a ellas—. No hay palabras para esto." ◆

Ella recordaba el color rojo: flores rojas que brotaban en invierno, puestas de sol, y en especial una lágrima rojiza que resplandecía como fuego bajo la luz. Ahora la llevaba al cuello, pero cuando pensaba en ella recordaba la sensación de tenerla en su mano, cómo sus dedos la envolvían. A veces abría la mano, esperando verla ahí brillando en medio de su palma.

El rojo siempre le había producido alegría. Incluso ahora la hacía sonreír.

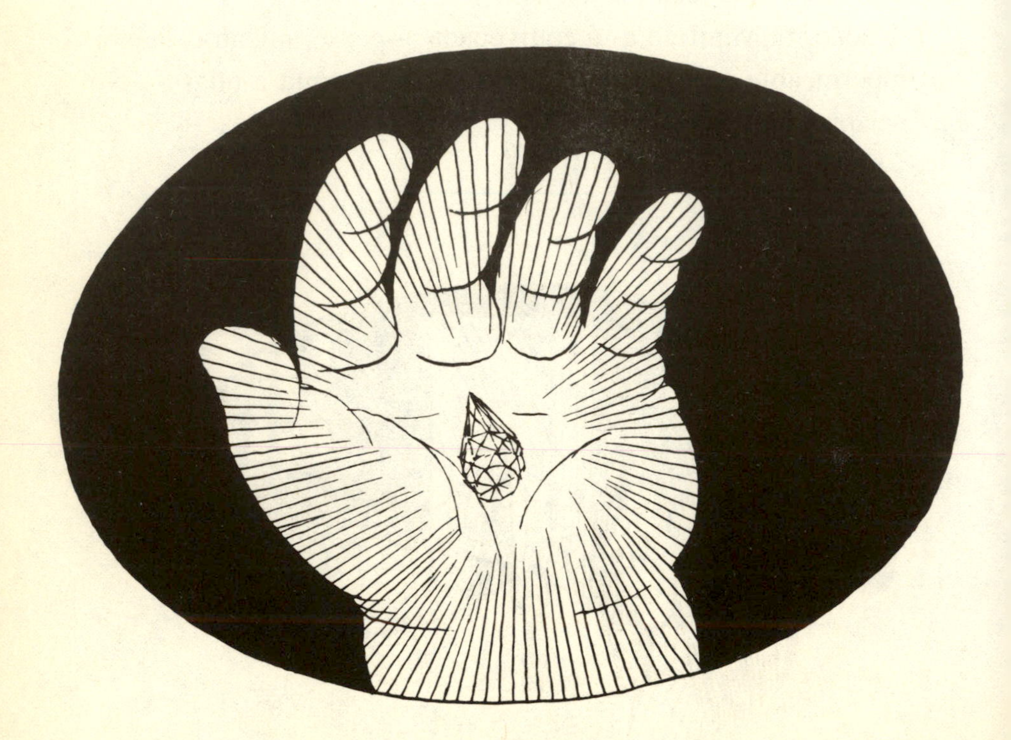

Capítulo 9

◆ DURANTE LA NOCHE me desperté y oí cómo la lluvia se convertía en granizo; sonaba como piedras cayendo contra el techo y las ventanas. Cuando me dormí otra vez, tuve un sueño. En mi sueño tenía frío, tanto frío que se me erizaban los vellos de los brazos, y cuando exhalaba, mi aliento se quedaba suspendido en una nube de hielo. En mi sueño, los campos estaban cubiertos de hielo; el mar se había helado; las olas reventaban en ondas de cristal refulgente. A lo lejos Sofía se alejaba de la isla, caminando con sus botas rojas.

—¡Bebé! —le grité, pero ella no volteó. Seguía por la bahía, bordeando los botes pesqueros que habían quedado presos en el hielo.

—¡Bebé, regresa! —grité otra vez.

Paloma venía a mi lado.

—Llámala por su nombre —me dijo con tristeza—. Llámala Sofía.

Las lágrimas se congelaban sobre sus mejillas, como diamantes. La miré fijamente, pero cuando volví la vista era demasiado tarde. Sofía había atravesado el rompeolas y desaparecido.

—Lo.

Unos dedos me picaban los ojos.

—Lo.

Me desperté en mi cuarto en penumbra. El sueño se desvanecía. Sofía estaba sentada sobre mi cama, vestida con su mameluco azul afelpado. Sus botas rojas se hallaban junto a mi almohada.

—Lo.

Los dedos fríos de Sofía tocaban las lágrimas sobre mis mejillas. Me incorporé y me senté sobre la cama. El aire de mi habitación estaba frío, aunque la luz del amanecer asomaba por los bordes de las persianas. Me incliné y subí la persiana. Había hielo espeso por dentro de las ventanas. Afuera había hielo por doquier: los cables del teléfono y los caminos estaban cubiertos de hielo, los árboles se doblaban bajo su peso. Los campos estaban quietos y relucientes, igual que en mi sueño.

Metí a Sofía debajo de las mantas junto a mí, arropándonos.

—¡Sofía! —gritó mamá desde el vestíbulo.

—¡Sofía! —gritó Sofía imitándola.

—Ahí estás —dijo mamá en el quicio de la puerta—. No hay luz, Alondra. Papá está haciendo fuego en la chimenea. Será mejor que se queden en la cama hasta que tengamos un poco de calor en la sala.

Mamá se acercó hasta la cama y nos miró. Detrás de ella apareció Paloma con su bata de terciopelo, calcetines gruesos, aretes y un sombrero. Sonreí.

—Ni me digas cómo me veo —me advirtió Paloma.

—Oma —dijo Sofía, tendiéndole una mano.

—¡Dijo Paloma! —exclamó mamá sonriéndole a Paloma—. Sofía empieza a decir algo más que su nombre. ¡Por fin!

—¡Lilí! El fuego está listo. —La voz de papá llegó del piso de abajo.

Mamá se dio la vuelta y bajó al vestíbulo, arrebujándose en su suéter.

Paloma se sentó en mi cama y tomó la mano de Sofía.

—Mano —dijo Sofía.

—No hay escuela —me dijo Paloma.

Suspiré.

—No hay poesía —dije. Tras un momento volteé a mirar a Paloma y le pregunté—: ¿Qué sabes tú de poesía?

Paloma sonrió y se estremeció. Alcé las cobijas y ella se metió en la cama, con Sofía entre las dos. Sofía alcanzó el rubí que pendía de la cadena alrededor del cuello de Paloma, y se puso a juguetear con él.

—"La poesía es un modo de tomar la vida por el cogote" —dijo Paloma—. Eso lo dijo Robert Frost.

—La señorita Minifred dice que la poesía nos enseña el mundo —agregué.

Paloma sonrió.

—Las palabras son lo más importante en la vida de la señorita Minifred —dijo—. Siempre ha tenido una manera especial de hacer que funcionen.

—¿Y tú crees que las palabras tienen respuestas? —pregunté.

Paloma se quitó la cadena y se la dio a Sofía.

—Lo —dijo Sofía alegremente.

Ella la miró de cerca, rodándola una y otra vez entre sus manos.

—¿Y tú? —interrogué a Paloma—, ¿piensas que las palabras tienen respuestas?

—Depende de las preguntas —respondió ella—. Pero… —volvió su cabeza y me miró por encima de Sofía— …debes saber que para algunas cosas no hay respuestas, por muy hermosas que puedan ser las palabras.

La miré interrogante.

—A veces las palabras poéticas nos proporcionan una pequeña mirada amable hacia nosotros mismos —dijo—. Y con eso basta.

Se hizo un silencio.

—A veces —añadió ella en un susurro.

—Tuve un sueño —le dije—. Tú estabas en él.

—¿Un sueño bonito?

—No —respondí—. Sofía se alejaba sobre el mar helado, y ni una sola vez volteaba a mirarnos.

Paloma se quedó callada, las dos mirábamos a Sofía abrir y cerrar su pequeña mano en torno al rubí. Luego, Paloma suspiró.

—Y así es como va a suceder, Alondra.

—En el sueño, llamaba a Sofía "bebé", y tú me decías que la llamara por su nombre.

—Bebé —dijo Sofía, poniendo su mano sobre mis labios.

—Bebé —repetí con una sonrisa.

Las tres permanecimos allí, en silencio, mientras el sol se elevaba en el cielo, entraba por la ventana y nos bañaba con su luz. Afuera, la isla entera resplandecía.

—¿Por qué mamá y papá no le pusieron nombre al bebé? —pregunté.

Paloma no pareció sorprendida.

—¿Les has preguntado?

Negué con la cabeza.

—No —continuó Paloma—. Por ahora es demasiado nuevo, demasiado reciente para que ellos puedan hablar del tema. Están ocupados tratando de protegerse uno al otro. —Se volvió y me miró—. Te estarás preguntando quién te protege a *ti*, ¿no es así?

No contesté. Sofía surgió de las mantas.

—Nunca vi al bebé, Paloma —susurré—. Ni una sola vez. Y no tiene nombre.

—Lo sé —susurró ella también—. Pero eso es algo que deben resolver tu mamá y tu papá. Tú tendrás que buscar tu propio modo. Tu sueño es como un poema, ¿sabes? Expresa en palabras lo que piensas pero no logras decir. Tal vez eso es lo que hacen los poemas. Eso es tal vez lo que sabe la señorita Minifred.

Miré por la ventana un instante, y luego encaré a Paloma.

—¿Paloma?

—Sí, corazón.

—Las palabras ya no son lo más importante para la señorita Minifred.

—¿Será?

—La señorita Minifred y Rebel están enamorados. Ayer dijo "sip", exactamente como Rebel.

Paloma levantó su cabeza de la almohada y exclamó:

—¿Dijo "sip"?

—Sip —respondí.

Paloma se echó a reír y yo también. Sofía se quedó mirándonos, en cuclillas, y sonrió.

—Bebé —le dije—. Hola, bebé.

El aroma de café y pan tostándose en la chimenea subía desde la planta baja. Paloma y yo permanecimos tumbadas en la cama con el sol que bañaba la colcha de retazos, mirando a Sofía abrir y cerrar su mano sobre el rubí.

Abrir, cerrar. Abrir, cerrar. Abrir, cerrar. ◆

Capítulo 10

◆ SEIS DÍAS de helada.

Seis días sin electricidad.

Sin escuela por las filtraciones de agua.

Y entonces, de pronto, sin previo aviso, Sofía empezó a decir frases completas.

Habíamos pasado horas frente a la chimenea. Habíamos comido pan tostado sobre el fuego de la leña, y sopa del caldero; de pronto Sofía se puso de pie, nos miró y dijo: "Comida no buena".

A Lalo le encantó. Había llegado a nuestra a casa envuelto como una momia. Llevaba un sombrero de lana, guantes de lana, botas forradas de lana, y una gran bufanda de lana que, según dijo Paloma, hubiera bastado para cubrir el piano de cola de su madre. Mamá se echó a reír cuando le abrió la puerta.

—¿Lalo? ¿Vienes disfrazado?

—Mi madre —explicó él entrando velozmente en la casa— piensa que los gérmenes no pueden traspasar la lana. Eso dice.

Papá y mamá sonrieron. Marvella, la madre de Lalo, era una mujer práctica, puesto que administraba un hotel de cuarenta y dos habitaciones. Era también alta y hermosa, con su larga cabellera negra. Había llegado a la isla hacía quince años, y se había enamo-

rado inmediatamente del padre de Lalo, que en aquel entonces era pescador. Ella lo había convencido de comprar el hotel.

—No quiero que sigas pescando. Me atemoriza el agua. Me enferma —le dijo entonces.

—Pero si esto es una isla, toda rodeada de agua —le respondió él.

Yo pensaba que Marvella era perfecta, y valiente, pues vivía en un lugar que le daba miedo porque amaba al padre de Lalo. Incluso su nombre era perfecto: Marvella Baldelli. Además, cocinaba platillos con nombres maravillosos, como *provençale, scallopini y francese.* Sin embargo, tenía ideas deformadas —como decía Lalo— sobre la electricidad.

—No te pares cerca de los contactos, niña linda —me decía cuando iba de visita, y me arrastraba hasta el centro de la habitación, como si la electricidad acechara desde los contactos, lista para lanzar una descarga. Siempre me llamaba "niña linda".

Lalo dejó caer su lanaje en el vestíbulo y fue en busca de Sofía.

—¿Cómo está tu madre? —le preguntó mamá, mientras lo seguía hasta la sala.

—En paz. No hay corriente eléctrica —respondió Lalo.

Papá se echó a reír.

Lalo vio a Sofía y sonrió.

—Bueno, hola, Sofía.

—Beno, Lalo —dijo Sofía en tono amistoso y con precisión—. Quiero cereal caliente.

❦

—Bueno, ¿y cómo sucedió esto? —le preguntó Lalo a mamá, sorprendido.

Mamá sacudió la cabeza.

—Los niños se ponen a hablar a edades diferentes, de modos diferentes —dijo—. Alondra habló pronto, pero nunca pronunciaba la "pe".

—Me llamaba "gagá" en vez de "papá" —continuó mi padre.

—Te parecía horrible —le recordó mamá, sonriendo—. Te sentías insultado.

—Imagínense —dijo Lalo, maravillado—, tiene todas esas palabras dentro de ella, todas las cosas que nos ha oído decir. Tiene frases enteras en espera de poder salir.

—Igual que la electricidad de tu mamá —agregué yo, y papá sonrió.

Todos miramos a Sofía como si fuera un libro a punto de ser abierto. O escrito, tal vez.

—Así que podríamos enseñarle todo tipo de cosas —dijo Lalo. Calló un momento y me miró—. Como poesía, por ejemplo.

Yo fruncí el ceño.

—Palabras. Sólo palabras —dije.

—¿Poesía? —susurró papá—. ¿Sólo palabras? —miró a mamá—: "Cómo es que te amo, déjame contar los modos..."

Mamá alzó la vista de golpe, como con sobresalto. De pronto sonrió, mostrando una nueva faceta de sí misma. O una vieja expresión que me venía a la memoria.

—"La niebla se acerca con pasitos de gato" —le dijo Paloma a Sofía.

Sofía la miró.

—Pasitos de gato —repitió Sofía. Pronunció cuidadosamente las palabras, igual que la señorita Minifred cuando le hablaba a Óscar. Nos reímos todos. Sofía disfrutaba ese sonido, el de las palabras y la risa.

—Pasitos de gato —volvió a decir.

De nuevo nos reímos y papá pasó su brazo sobre los hombros de mamá. Sofía lo tomó de la otra mano. Papá y mamá se levantaron; mamá con Sofía en brazos, quien traía alrededor del cuello el rubí de Paloma, brillando sobre su piyama azul. Los tres bailaron juntos, Sofía abrazaba a ambos. Mientras tanto, Lalo, Paloma y yo mirábamos las pequeñas manos regordetas de ella posadas sobre sus cuellos.

Lalo observaba en silencio.

Bailaban en medio de la habitación helada, sin música, aunque parecía que la hubiera.

—Esto me gusta —dijo Lalo.

Paloma sonrió.

A mí también me gustaba: el rostro de mamá suave y sonriente como era antes, y que papá la abrazara. Quería que durara para siempre: mamá y papá bailando despacito en círculos y Sofía haciéndolos sonreír de nuevo.

Lalo se acercó más a Paloma y a mí.

—Tal vez Sofía se quede —dijo después de un rato, con voz tenue.

Me quedé sin habla. Paloma tendió su mano para tomar la mía.

Sofía ahuecó su manita en ademán de adiós. Yo le contesté con la mano, y de repente sentí un dolor agudo en la garganta al pensar en la advertencia de papá de que no había que encariñarse con Sofía. "Es demasiado tarde, papá. Demasiado tarde". Eché un vistazo a Paloma y vi su semblante, y sus ojos oscuros y brillantes a la vez. Era demasiado tarde para todos nosotros.

Entonces, las luces parpadearon y se encendieron. Retuve el aliento, temiendo que la danza se acabara. Pero sólo Sofía se dio cuenta. Señaló hacia la lámpara del rincón y, como si ella tampoco quisiera que ese momento terminara, nos dijo en un susurro:

—Hay luz. ◆

Recordaba unas voces. Y palabras como susurros en su oído. Palabras como la brisa, tocándola.
Palabras.

Capítulo 11

◆ EL HIELO se derritió, los caminos se despejaron y todo volvió a ser como antes. Era como si mamá y papá no se hubieran abrazado, como si papá no le hubiera dicho palabras poéticas, como si mamá no hubiera sido feliz por esos momentos.

Papá volvió a sus silencios, a su trabajo y a sus sesiones nocturnas de *tap* sobre los mosaicos para Sofía. Mamá volvió a su estudio, a pintar por las tardes, mientras Sofía dormía la siesta. Yo no sabía qué era lo que pintaba. No tenía manchas de pintura al final del día, ni señales de lo que ocupaba su tiempo, tan sólo una sonrisa velada cuando papá le preguntaba cómo iba aquello.

—Mejor —respondía ella, inclinando la cabeza—. Difícil, pero mejor.

Paloma regresó a su habitación, tras las puertas corredizas, y las dejó entreabiertas lo suficiente para que Sofía pudiera entrar y salir, y yo también, claro. Sofía se arregló con el sombrero rojo de terciopelo con broche de diamante de Paloma, y el sombrero de paja de ala ancha con el listón rojo, y encajes y collares de cuentas. Y siempre con el rubí rojo. Leían libros, Sofía hablaba, le daba vuelta a las páginas y señalaba con el dedo. La voz de Paloma era suave, como el terciopelo de su sombrero.

Cuánto depende
de una carretilla roja
barnizada con agua
de lluvia
rodeada de blancas
gallinas.

—Eso es de William Carlos Williams —le dijo Paloma a Sofía.

—Ella no lo entiende —repliqué.

—No necesita entender, mi amor —me dijo Paloma—. Le gusta cómo suenan las palabras.

Sofía estaba sentada en la cama, con los collares de Paloma alrededor de su cuello y con el sombrero de terciopelo negro en la cabeza. Miró a Paloma y señaló la página.

—Lee —dijo—. Por favor.

Paloma me sonrió.

—Ya no es una bebé, ¿sabes? Está creciendo.

—No bebé —dijo Sofía.

Había un murmullo a mis espaldas y volteé. Mamá estaba en el quicio de la puerta, escuchando.

—No bebé —Sofía se dirigió a mamá.

Mamá observó a Sofía por un momento, como si la estudiara. Luego se dio la vuelta y desapareció.

Sofía abrió su mano y le mostró a Paloma el rubí en medio de su palma.

Paloma me miró. Luego suspiró.

—Sofía debería quedarse con ese rubí —dijo—. ¿No crees, Alondra? Algún día, cuando yo ya no esté más aquí.

"Algún día". Tragué saliva.

—¿Alondra?

—Sí —dije—. Sí.

—Así me gusta —dijo Paloma, mientras se acomodaba de nuevo para leer su libro. Tenía una mirada satisfecha, como si algo hubiera quedado arreglado. Pero para mí no estaba resuelto. No quería pensar en ese "algún día". Algún día Sofía podría irse muy lejos. Algún día Paloma podría no estar más aquí.

Miré a Sofía recargarse sobre Paloma y escucharla mientras leía poesía.

Sofía me miraba mientras Paloma leía.

¿Quién ha visto al viento?
Ni tú ni yo;
pero cuando los árboles mecen la cabeza
es que el viento está pasando.

—Viento —susurró Sofía. Levantó las manos y jugó a "piedra, papel, tijeras".

Paloma sonrió mientras leía, extendió su mano e imitó a Sofía, con su mano arrugada de dedos largos, y su ancho anillo de bodas de oro rosado. Piedra, papel, tijeras.

❦

Cuando volvimos a la escuela, Rebel había arreglado el techo, Perla tenía nuevos frenos relucientes en sus dientes, y la señorita Minifred usaba un lápiz de labios rojo y llevaba grandes aretes de oro en forma de media luna.

Fuimos a pasar la última clase del día en la biblioteca. Lalo se quedó boquiabierto cuando vio a la señorita Minifred.

—Pensaba que era vieja —murmuró—. ¿Qué sucedió?

—Sucedió el amor —dije—. Es vieja. Sólo que no se *ve* vieja.

—No —dijo Lalo—, se ve maravillosa.

Y realmente se veía maravillosa.

—Prepárate a oír palabras maravillosas —advertí.

—Buenas tardes. Siéntate bien, Lalo, endereza la espalda. Recuerda el flujo de la sangre. Hoy tendremos poesía —dijo la señorita Minifred con una sonrisa.

Palabras. Sólo palabras.

—No les voy a dar una conferencia sobre lo que es la poesía, o cómo se escribe —dijo la señorita Minifred—, ni siquiera sobre por qué se escribe. Eso lo pueden buscar en los libros. En cambio, les voy a contar una historia sobre mí.

Perla volteó, nos sonrió a Lalo y a mí, y sus frenos y sus lentes brillaron. Óscar no resopló. Estaba sentado muy derechito, pendiente de todo.

—Y cuando mi historia termine, la clase también —anunció la señorita Minifred.

Rebel llegó por el corredor y, con los brazos cruzados, se recostó contra la pared a espaldas de la señorita Minifred.

—Cuando yo era niña y tenía doce años, falleció mi hermano mayor, William. Yo lo quería mucho. Era bueno conmigo. Me leía cuentos y poemas. Quería ser escritor, y una vez me dijo que las palabras daban consuelo. Que las palabras tenían poder, me dijo. No hubo manera de que aceptara su muerte.

La señorita Minifred hizo una pausa, yo sentí que un escalofrío me corría por los brazos. Nadie se movía, nadie hablaba ni suspiraba siquiera. Rebel tenía la mirada fija en la señorita Minifred.

—Hubo un funeral. Hubo flores. Mucha gente vino y se dijeron muchas palabras. Pero esas palabras de la gente fueron vanas. Sus palabras no tenían poder. Yo estaba enojada —dijo la señorita Minifred—. Estaba enojada con mi hermano por haberme abandonado. —La señorita Minifred se miró las manos—. Todavía estoy enojada —murmuró—. Entonces, encontré un poema entre los libros de mi hermano. Él había puesto una marca en ese poema, y por eso yo sabía que era importante para él. Cuando lo leí sentí un consuelo extraño y poderoso, no porque me hiciera sentir mejor, sino porque expresaba lo que yo sentía.

La señorita Minifred abrió un libro, un viejo libro de páginas gastadas.

—El poema es de Edna St. Vincent Millay. Puede ser que ustedes no lo entiendan. No importa. *Yo* lo entiendo. Y William lo entendió.

Nadie carraspeó ni estornudó. Permanecíamos inmóviles. Yo pensé en Paloma cuando decía que Sofía no necesitaba entender las palabras.

—Se llama "Salmo sin música".

La señorita Minifred empezó a leer:

No me resigno a que los corazones que aman sean sepultados
bajo el duro suelo,
Así es, y así será, porque así ha sido desde tiempo inmemorial:
A la oscuridad se van, los sabios y los bondadosos. Coronados
Con lirios y laureles se van: pero no me resigno.

Amantes y pensadores húndanse en la tierra.
Sean uno con el polvo sin vida e indiscriminado.
Un fragmento de lo que sentiste, de lo que conociste,
Una fórmula o una frase permanece, pero lo mejor se ha perdido.

Las respuestas rápidas y perspicaces, la mirada honesta, la risa,
el amor,
Todo se ha ido. Se ha ido a nutrir los rosales. Elegante y rizada
Es su floración. Fragante es la floración. Lo sé. Pero no estoy de
acuerdo.
Más preciosa que todas las rosas del mundo era la luz de tus ojos.

Hacia abajo, adentro de la oscuridad de la tumba
Delicadamente se van, los hermosos, los tiernos, los bondadosos;
Suavemente se van, los inteligentes, los ingeniosos, los valientes.
Lo sé. Pero no estoy de acuerdo. Y no me resigno.

Hubo un silencio terrible en la habitación. La señorita Minifred dejó el libro sobre la mesa con cuidado. Nos miró sin decir nada. Estábamos ahí, sentados, mirándola fijamente.

Momentos después Rebel se adelantó y se paró frente a la señorita Minifred del mismo modo en que Lalo lo hacía.

—La clase terminó —dijo Rebel en voz queda—. Pueden irse a sus casas. ◆

Capítulo 12

◆ CERRÉ LA PUERTA de la entrada con suavidad, recargándome contra ella, sin atreverme casi a respirar. La puerta de Paloma estaba abierta, y cuando pasé junto a ella la vi dormida con Sofía hecha ovillo a su lado. La voz de Lalo resonó en mi cabeza. Me llamó mientras salía de la biblioteca, pasaba junto a la señorita Minifred y a Rebel, y traspasaba la puerta. Gritó mi nombre mientras me alejaba de la escuela, y luego cuando eché a correr hacia la casa.

La casa estaba en silencio; sabía que mamá se hallaba en su estudio. Fui al estudio de mi padre, tapizado de libros. Cerré la puerta tras de mí, y enseguida encontré el libro: *Poemas escogidos*, de Edna St. Vincent Millay. Me di cuenta de que ya había sido leído antes. Alguien había pasado las páginas, las había mirado y había leído, y de pronto me sentí enojada y asustada por eso. El enojo me subió desde el estómago y se instaló en mi garganta como un grito a punto de salir. ¿Cómo podía ser que él lo hubiera leído y no me lo dijera? Todos esos meses de silencio. Todas las veces que hablamos de las estrellas y los planetas y de Sofía. ¿Cómo pudo hacerme eso?

Me senté en la silla grande junto a su escritorio, y encontré el poema:

No me resigno a que los corazones que aman sean sepultados bajo el duro suelo.

Puse mi mano sobre la página, ocultando las palabras. En el trayecto a casa pensé que era la biblioteca, que era la apariencia tan maravillosa y triste de la señorita Minifred mientras leía, y sobre todo la aparición de Rebel que venía a proteger a la señorita Minifred. Pero no eran esas cosas. No era solamente eso. Era el poema.

...A la oscuridad se van, los sabios y los bondadosos....

Puse el libro boca abajo sobre el escritorio. Y luego, muy lentamente, lo tomé de nuevo y salí hacia la puerta del estudio de mamá. No toqué. Abrí la puerta y entré, y vi a mamá como si lo soñara, la vi volver lentamente la mirada que tenía puesta sobre un cuadro, y abrir sus labios para preguntarme qué pasaba, con sus ojos tan azules en la luz del norte que entraba en la habitación.

—Alondra, ¿qué pasa?

Le di el libro, abierto en la página del poema, y la rabia finalmente salió.

—¡Nunca vi al bebé! —susurré—. ¡Y ustedes nunca le pusieron nombre! —Empecé a llorar. Alcé la voz—. ¡Y ustedes nunca me hablaron de él!

Las lágrimas corrieron por mis mejillas; mamá me tomó en sus brazos, mientras el libro caía al piso.

—Alondra, Alondra... —repitió ella varias veces—. No lo sabía.

—Deberías haberlo sabido —le contesté, y mi voz se ahogó en su hombro—. Tú eres mi mamá.

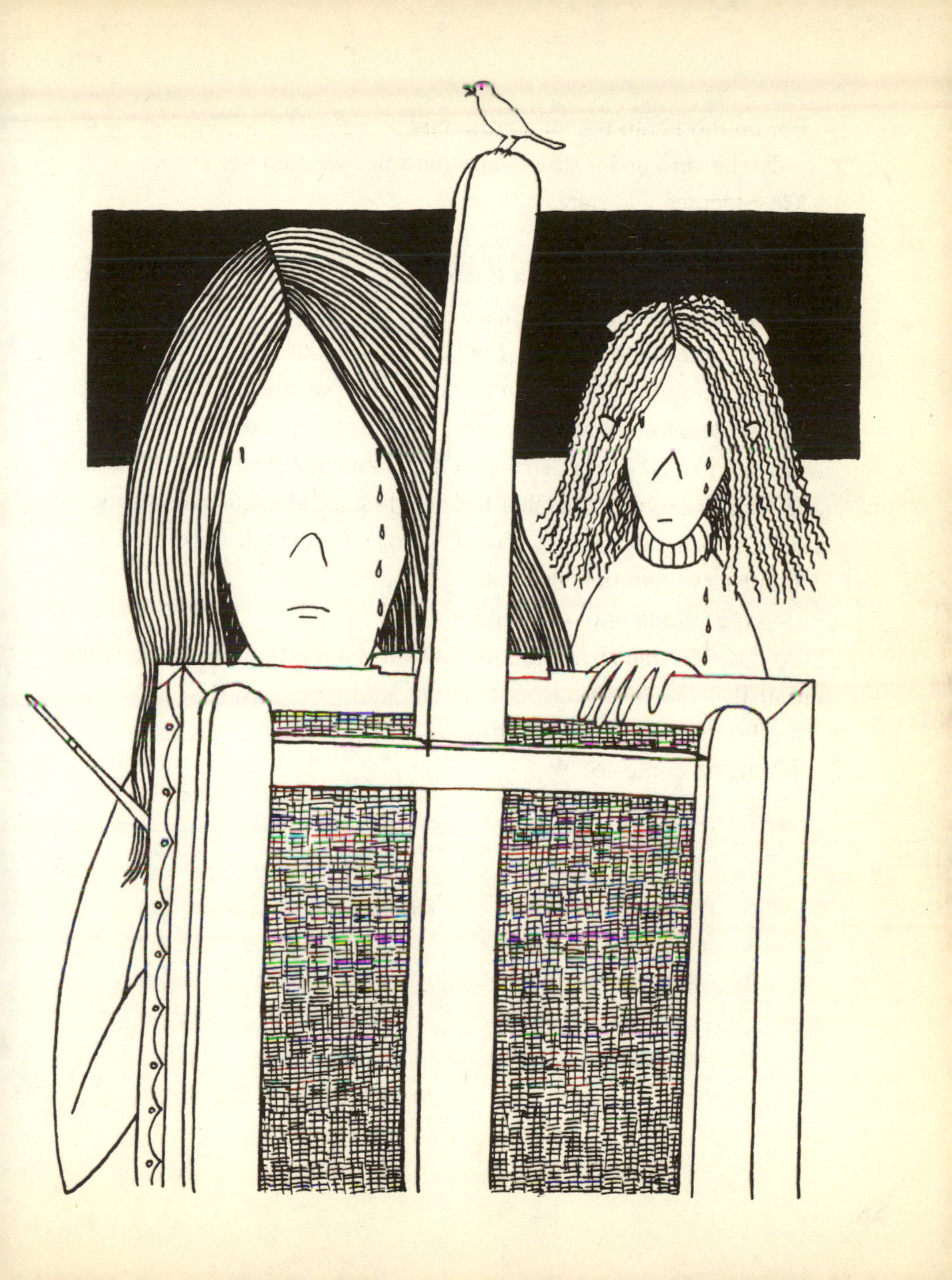

Por un momento mamá no dijo nada.

—No he sido una buena madre para ti —dijo en voz baja.

Me enderecé y la miré.

—No, pero has sido una buena madre para Sofía —le dije.

Entonces mamá se echó a llorar, y me asustó. Era como si nunca antes hubiera llorado y necesitara dejar salir todas las lágrimas, guardadas durante tanto tiempo. Las lágrimas escurrían por su rostro y caían sobre mi cabello. Nos quedamos así por un largo rato. Luego mamá se detuvo y retrocedió, enjugándose los ojos con el dorso de la mano. Y vi su caballete detrás de ella. Había una pintura sin terminar, toda bañada de blanco. Había luz por doquier alrededor del pequeño rostro de boca muy fina y de ojos limpios y oscuros de bebé.

Lo observé durante largo rato.

—Así es como era —me dijo.

Asentí. Me quedé frente a la pintura mucho tiempo. Luego miré a mamá.

—¿Podríamos llamarlo William? —le pregunté.

Mamá no contestó. ◆

Capítulo 13

◆ SOFÍA Y YO estábamos sentadas junto a las ventanas en la cocina espaciosa de los papás de Lalo. Sofía acariciaba la nochebuena que estaba sobre la mesa.

—Eso es rojo —le dije.

—Eso es rojo —repitió.

El papá de Lalo arreglaba el árbol de Navidad en el vestíbulo, y tras la puerta cerrada de la cocina podíamos oírlo gritar maldiciones. Lalo hizo una mueca.

—Feliz Navidad —dijo.

Sofía, curiosa, levantó la vista y apuntó hacia la puerta justo cuando Marvella entraba a la carrera y se recargaba en la puerta como para impedir que las palabras entraran.

—La niña no escuchó eso, ¿verdad? —preguntó sin aliento—. Siempre maldice cuando pone el árbol de Navidad.

—Es *nuestra* tradición familiar —me dijo Lalo.

—Señor no está contento —dijo Sofía con el ceño fruncido.

—¡Ay, Dios! —se lamentó Marvella—. ¿Tienes hambre, Sofía?

Marvella esperaba que la comida le interesara a Sofía. Más palabras altisonantes se oían del otro lado de la puerta.

—¡Pan tostado! —dijo Marvella con voz fuerte—. ¿Qué les parecería un poco de pan tostado, lindas?

Lalo se levantó y puso una rebanada de pan en el tostador.

—Pon rebanadas en los dos lados, Lalo, no lo olvides —dijo Marvella.

Lalo me sonrió burlón.

—Mi mamá piensa que si no llenas los dos lados del tostador, la electricidad se va a salir por el lado vacío.

—Una fuga —asintió Marvella.

—Mermelada —dijo Sofía, y nos hizo reír.

La puerta se abrió y el papá de Lalo y el mío entraron. Sofía los miró y sonrió.

—¡Maldita sea! —dijo.

❦

Papá y yo caminamos juntos a casa, con Sofía en medio, dándonos una mano a cada quien. Llevaba sus botas y su abrigo rojos; la alzábamos en vilo por encima de los charcos y para subir a las banquetas. El sol estaba oculto detrás de una nube, y la luz caía oblicua sobre el agua y entre los barcos, que se veían como si tuvieran un baño de plata. Las gaviotas volaban por encima de nuestras cabezas, y también había golondrinas con su aleteo veloz y ágil. A lo lejos, el transbordador aparecía en el horizonte. Sofía cambió de manos, y se puso a caminar de espaldas entre los dos.

—Eres una payasita, Sofía —le dijo papá, con una sonrisa.

—Payasita Sofía —repitió Sofía.

Papá se rió.

—Payasita Sofía —dijo también papá—. Es casi un poema.

—Sí —dije.

—Palabras... —dijo papá, emotivo—. ¿Sabías que las palabras tienen vida? Viajan por el aire a la velocidad del sonido, con el halo de su breve existencia, antes de desaparecer. Como los círculos que hace una piedra cuando es lanzada en medio de un estanque.

La idea me hizo sonreír.

—Antes las palabras te hacían fruncir el ceño —dijo papá.

—Hasta que conocí a la señorita Minifred —le contesté.

—"Se desplaza en la belleza", eso es lo que hace la señorita Minifred —dijo papá—. Eso en sí es un poema.

—Lo sé —respondí—, lo leí en tus libros.

Papá me observó. Alzamos bien en alto a Sofía por encima de un perro que dormía en la acera.

—Yo solía decirle ese poema a tu madre antes de que se casara conmigo. Le escribía poemas y la llamaba por teléfono para leerle poesía. Una vez le grité un soneto de Shakespeare bajo su ventana, hasta que me echó un vaso de agua en la cabeza.

Podía sentir mi corazón desbocado en el pecho. Todo parecía quieto, hasta Sofía, ahí entre los dos; el único sonido que se escuchaba era el chillido solitario de las gaviotas. Pensé en papá cuando era joven, enamorando a mamá con palabras.

—Estaría bien —le dije— que hicieras eso todavía.

Papá me echó una ojeada. Luego suspiró, con un sonido que llamó la atención de Sofía.

—Has crecido, Alondra —dijo tan quedo que apenas escuché sus palabras—. Creciste casi sin que me diera cuenta. —Miraba frente a sí, con aire triste—. Y no es que fuera a mis espaldas. —Volvió a suspirar—. Fue ante mis propios ojos. Sin embargo apenas lo noté —acabó en un susurro.

Sentí que las lágrimas estaban a punto de brotar.

—Estabas ocupado —murmuré, con la garganta cerrada.

Sofía miró a papá, y luego a mí.

—Ocupado —susurró.

Papá se detuvo, soltó la mano de Sofía, y me alzó en sus brazos.

Hacía mucho tiempo que no me abrazaba así, y yo también lo estreché. Enrosqué mis piernas en su cuerpo y apoyé mi cabeza en su cuello. Su olor, que me recordó cuando yo era pequeña, acabó por hacerme llorar. En lo alto, los pájaros chillaban; Sofía se acercó y se asió a mi pie, pero no dijo nada.

Papá seguía abrazándome y apretándome cada vez más fuerte, hasta que sonó el silbato del transbordador al pasar el rompeolas. Entonces, se inclinó y levantó a Sofía, abrazándonos a las dos. Sofía nos sonreía una y otra vez; entonces el transbordador llegó al puerto.

—Te quiero mucho, Alondra —dijo papá—. Te quiero mucho.

—Quiero —dijo Sofía en tanto tocaba la boca de papá.

Pensé en lo que quería decir esa palabra, "amor", con los brazos de papá abrazándome. Esa palabra que tenía vida propia, que viajaba por encima del pueblo, sobre el agua, hasta salir al mundo, y volaba por encima de todos nosotros, como los pájaros.

Amor. ◆

PRIMAVERA

Había nubes en todos sus sueños. Le gustaban sus nombres: cirros, cúmulos, y otro más que escapaba a su memoria. No recordaba haber aprendido nunca los nombres de las nubes.
A veces ella pensaba que había nacido sabiéndolos.

Capítulo 14

◆ —HAY QUE RECORDAR tres cosas sobre la primavera en la isla —decía el viejo Pedro—. La primera, que llega después del invierno. La segunda, que llega después del invierno. La tercera, que llega después del invierno, y que uno piensa que todavía es invierno.

Los inviernos en la isla siempre eran largos, con poca nieve cuando deseábamos ventiscas, lluvia cuando queríamos sol. La primavera llegaba después sin cambios, si acaso todavía más lluvia, que nos daba frío.

—Frío hasta los huesos —decía Paloma.

Sacaba la ropa interior larga de encaje negro que había decorado con pedrería, y la llevaba desde octubre hasta junio.

A mamá le encantaba la primavera. A papá le gustaba porque la isla aún no se llenaba de turistas y barullo. Pero mamá lo que veía era el color.

—¡Ése es maravilloso, mira! Rosa y ese hermoso gris cálido. ¡Violeta y malva! —exclamaba.

Mamá hacía reír a Lalo.

—Tu madre no es de fiar —decía—. Bueno, nada más acuérdate de tu árbol de Navidad.

Papá echó a reír. Sofía le había ayudado a arreglar el árbol, colo-

cando cuidadosamente y en gran desorden montones de bolitas de algodón de un lado. Mamá no permitió que nadie los cambiara.

—También es la Navidad de Sofía —dijo con firmeza.

Lalo pensaba que era el árbol más feo que jamás hubiera visto, y no tenía empacho en decirlo.

—Es muy sin gusto —dijo admirado.

—Ahí hay algo redundante —protesté, imitando a Rebel.

El árbol se fue ladeando durante la Navidad, y finalmente cayó con estrépito el día de Año Nuevo, las esferas de cristal se rompieron y las luces se apagaron con un destello final.

Había llegado una tarjeta de Navidad y un paquete para Sofía, con dos semanas de retraso porque las ventiscas habían detenido al transbordador en el puerto y a los aviones en tierra. Papá nos leyó la carta.

Querida Sofía,

Pienso en ti y te extraño. Las cosas van mejor.

Te quiere,
Mamá

"Las cosas van mejor." Ninguna de las cartas de la mamá de Sofía había dicho eso antes. Le escribía cada mes, a veces dos veces, y siempre decía lo mismo: "te quiero", "te extraño". Pero ninguna carta había dicho que las cosas iban mejor.

Paloma se puso de pie y caminó hacia la ventana, corrió una cortina y miró hacia afuera.

—Fue una bonita Navidad, con Sofía en casa. —Su voz sonaba distante y temblorosa.

Mamá abrió el paquete y sacó una pequeña muñeca de vinilo con vestido rojo. Se la dio a Sofía. Sofía le daba vueltas en sus manos. Le arrancó una pierna.

—Pierna del bebé —dijo.

Sonrió y le zafó la otra pierna a la muñeca.

Mamá se inclinó y tomó a Sofía en brazos.

Papá me echó una ojeada y luego salió a su trabajo. Y el invierno se transformó en primavera con esas palabras: "las cosas van mejor", siempre presentes, siguiéndonos a todos lados como nubes sobre nuestras cabezas.

❦

Cuando por fin mamá se dio cuenta de que la primavera había llegado, nos juntó a todos para ir a la playa. Cada primavera tomaba su caballete y sus pinturas y se iba a pintar a la playa antes de que los turistas llegaran. Empacó almuerzos para un día de campo, e hicimos de cuenta que hacía calor.

—Es abril, mi amor —le dijo a papá con tono jovial—. Vamos.

—Ésta es la estación vigorizante de tu madre —comentó papá, malhumorado, mientras se ponía el gorro con orejeras.

—Pues yo no voy —dijo Paloma—. Voy a quedarme sentada aquí junto al fuego.

—Sofía sí viene —dijo mamá calculadoramente.

—Eso no es justo —respondió Paloma.

Se levantó y se puso sus botas con forro de borrega y su sombrero de lana, y todos juntos salimos rumbo a la playa. Papá llevaba a Sofía sobre sus hombros, mamá cargaba su caja de pinturas. Cruzamos el pueblo.

—¡Hola, gente disparatada! —gritó Godo desde su camión de desazolve—. ¡Hola, Sofía!

—¡Hola, Sofía! —gritó Sofía.

Marvella saludó con la mano desde la ventana del hotel, mientras observaba nuestra procesión, y Lalo salió al pórtico.

—¿Ya es primavera? —gritó entusiasmado—. ¡Espérenme!

Se metió a la casa y volvió a salir llevando la nueva bufanda roja que Marvella le había tejido. Se enroscaba alrededor de su cuello varias veces —una barrera de lana más contra los microbios— y arrastraba por el suelo tras él.

Lalo vio que papá se reía de la escena.

—Mi madre fue avasallada totalmente por el tejido durante el invierno —dijo Lalo, dándole varias vueltas más a la bufanda en su cuello—. Totalmente avasallada —agregó, mirándome de reojo—. Ya sé que es redundante, pero así es mi madre: redundante.

—Te ves espléndido, querido —le dijo Paloma—. Como los de caballería.

Tomó del brazo a Lalo y seguimos nuestro camino.

—Lo que es más —agregó—, esa bufanda bien podría salvarnos a todos de congelarnos.

El viejo Pedro pasó junto a nosotros en su vetusto camión que se bamboleaba. Luego oímos una motocicleta. Lalo me miró, cuando Rebel pasaba por la calle principal. En la parte trasera de su moto venía la señorita Minifred, con el cabello ondeando al viento por debajo de su casco de franjas rojas y blancas. Saludaron y los saludamos.

—¡Hola, Eunice! —gritó mamá.

Lalo y yo nos detuvimos en seco.

—¿Eunice? —pregunté—. ¿La señorita Minifred se llama Eunice?

Lalo hizo una mueca.

—Se desplaza en la belleza, así vive Eunice Minifred —dijo papá, y pasó el brazo sobre los hombros de mamá mientras la señorita Minifred y Rebel se alejaban por la calle.

—Sip —dijo Lalo, riendo.

—Sip —dije a mi vez.

—Sip —dijo Sofía.

El agua era azul y verde, el cielo estaba despejado, a no ser por algunas nubes altas que me hicieron pensar en los montones de algodón de Sofía sobre el árbol de Navidad. Encontramos un lugar junto a una duna, protegidos del viento que levantaba la arena de la playa. Paloma se sentó, reclinada contra un madero traído por el mar. Lalo estaba a su lado, y su bufanda les rodeaba el cuello a ambos como una serpiente roja.

—Hay demasiado viento para pintar —dijo mamá, y sacó su cuaderno de dibujo.

Papá se alejó para caminar un poco y mirar el agua. Los martín pescadores apenas rebasaban las olas y hundían las cabezas para alimentarse. Sobre las rocas había gallinetas moradas, sobrevivientes del invierno. Los frailecillos de vientre negro volaban hasta la playa, aterrizaban y por último echaban a volar de nuevo.

Papá volteó, sonrió y le tendió la mano a Sofía. Ella corrió hacia él y su sombrero voló con el aire. Papá lo recogió y le dio la mano. Los dos echaron a caminar despacio por la playa; las nubes de fondo se veían tan grandes como montañas.

—Parece como si estuvieran caminando en un cuadro —dije.

Paloma y mamá suspiraron al mismo tiempo, al ver que papá se agachaba y señalaba hacia el cielo, mientras Sofía ponía su mano en el hombro de él y miraba hacia arriba. A lo lejos, una hilera de cormoranes volaba cerca del agua. Detrás de ellos, el transbordador se movía lentamente hacia nosotros. Papá se sentó con Sofía sobre sus piernas. Inclinó la cabeza y le estuvo hablando un largo rato. Ambos miraban al cielo. Entonces cesó el viento, el sol salió tras la gran nube y se produjo ese súbito silencio que llega cuando las olas dejan de reventar.

—¡Dios mío! —suspiró Paloma.

Miré cómo mamá observaba a papá y a Sofía. Había en ella algo que la hacía verse a medias alegre y triste.

—La primavera —suspiró mamá en respuesta.

❦

La señorita Minifred dijo una vez que la vida está hecha de círculos.

—La vida no es una línea recta —dijo—. Y a veces un círculo nos devuelve a un momento del pasado. Sólo que ya no somos los mismos. Hemos cambiado para siempre.

No entendí en ese momento lo que quería decir. Recuerdo un silbido de vapor en el radiador bajo la ventana de la biblioteca, y cómo el cabello de la señorita Minifred le acariciaba el rostro cuando se inclinaba. Pero me gustó el sonido de sus palabras, y recuerdo que decidí guardarlas para más tarde.

Sofía no quería irse de la playa, pero papá la alzó, mientras lloraba, y lentamente emprendimos el camino de regreso a través del

pueblo. Cuando dejó de llorar, papá la bajó. Sofía siguió protestando, con el ceño fruncido por el esfuerzo. Tras un momento, alzó la mano y tomó la de papá.

—El perdón —le dijo papá a mamá.

Los dos encabezaban nuestro grupo en tanto la luz del cielo empezaba a desaparecer. Las botas rojas de Sofía chancleteaban sobre la acera. De pronto, Sofía empezó a bailar *tap.* "Yo y mi sombra." Nos detuvimos. Mamá rió y la gente que pasaba por ahí también. Papá se puso a bailar con ella. Le sonreía a mamá por encima de la cabeza de Sofía, y el cielo se fue oscureciendo hasta que llegó el crepúsculo. Al final, de un rápido ademán, papá levantó en brazos a Sofía y reemprendimos el camino. Empezamos a subir la colina rumbo a casa. La hierba seca crujía bajo nuestros pies.

Y cuando Lalo y yo corrimos adelante de todos por el prado de achicorias y rosas reina, y escalamos el picacho para llegar hasta la casa, ahí estaba, sentada en la oscuridad del pórtico. La mamá de Sofía.

La vida está hecha de círculos. ◆

Capítulo 15

◆ LALO Y YO nos detuvimos. Los dos sabíamos. Lalo, como si recordara una señal del pasado, se puso frente a mí. Paloma se nos unió sin hacer ruido y yo me volví para decirle. Pero ella también sabía. Lo podía ver en la mirada firme que le dirigió a la mujer en el pórtico, y en su expresión inmóvil. Paloma alzó los hombros y se ajustó el abrigo, enderezando los botones, como si se estuviera preparando para algo. Detrás de nosotros, más allá de la cima de la colina, mamá reía y se oía la voz de papá.

Apreté los dientes. Quería voltearme y gritarles a papá y mamá que se llevaran a Sofía lejos de ahí, que se dieran media vuelta y corrieran tan rápido como pudieran. Lalo lo sabía, porque me tomó de la mano y la apretó para detenerme.

—Alondra —murmuró.

Reinó el silencio. La mujer en el pórtico no se movía.

—Alondra —repitió. Lo dijo con un tono de voz que nunca le había oído antes. Era un sonido tristísimo, como si tratara de expresar que sabía todo lo malo que era esto, y de protegerme al mismo tiempo, tratando de envolverme con mi nombre, como si fuera su larga bufanda,

En ese momento oímos la voz aguda de Sofía. La mujer se levantó

de pronto de la silla y caminó hasta la orilla del pórtico bajo la luz crepuscular. Se abrazó a la columna, y todos volteamos en el momento en que mamá, papá y Sofía aparecieron en el camino.

Mamá venía adelante; papá traía sobre los hombros a Sofía, con las manitas aferradas a su cabeza. Mamá se adelantó hacia nosotros con una mirada interrogante al vernos parados ahí.

—¿Qué...? —empezó a decir. Y entonces vio a la mamá de Sofía.

Fue como una película en cámara lenta. Paloma alzando su mano, el rostro de mamá que mostraba poco a poco que iba comprendiendo, y luego aparecía, igual que sobre la cara de Paloma, una máscara que ya no era para nada el rostro de mamá; mamá alejándose de Paloma, dando un paso hacia papá, como huyendo de esa mujer que ya no nos veía a los demás. Todo en un instante.

—Sofía —murmuró la mujer.

Papá dio un tropezón y luego se detuvo, mirando a la mamá de Sofía. Tras un momento, caminó hasta donde estaba mamá. La miró fijamente y luego la abrazó. Sofía se inclinaba y palmeaba, sonriendo, la cabeza de mamá.

—¡Mi bebé! —dijo la mujer.

Sofía se enderezó. Miró a la mujer y la estudió por un momento.

—No bebé —dijo Sofía.

En el pórtico, el rostro de la mamá de Sofía se descompuso. Echó a llorar, se sentó en los escalones del pórtico y se cubrió la cara con las manos.

Paloma respiró profundamente y se movió, pero la voz de mamá la detuvo.

—¿Sofía? —Mamá estiró los brazos y tomó a Sofía de los hombros de papá. Llevó a Sofía hasta el pórtico y se sentó al lado de la mujer. Miré a papá y observé cómo él miraba a mamá. Entonces mamá dijo las palabras más difíciles de pronunciar:

—Ésta es tu mamá.

❦

Nunca he podido olvidar los pequeños detalles, los gestos imperceptibles, la expresión de los ojos de mamá, el rostro de papá, la manera en que Paloma se sentó, tan tiesa y con tanto cuidado que parecía que un soplo de brisa la podría derribar. A veces estas cosas se repiten una y otra vez en mi cabeza como las notas y los ritmos de una canción.

Nuestros abrigos colgaban en el armario del vestíbulo. Nuestras botas se alineaban en pares, todas menos las de Sofía. Papá atizaba el fuego, movía un leño y volvía a atizar. Colgó el atizador de un gancho, pero éste cayó en el hogar con tanto estrépito que nos sobresaltó a todos. Paloma estaba sentada en una silla recta, con los tobillos cruzados, y mamá en el sofá. La mamá de Sofía estaba de pie, mirando fijamente a Sofía, que tenía puestas sus botas y un suéter que Marvella le había tejido, con las mangas demasiado largas enrolladas sobre las muñecas. Sofía estaba sentada en el piso y empezó a construir lentamente una torre con sus cubos. Rojo sobre azul sobre verde.

—¿Julia? —dijo mamá.

Julia. Era difícil pensar en la mamá de Sofía con un nombre. Siempre la habíamos llamado la mamá de Sofía.

Mamá le dio una taza de té.

—Bien —dijo mamá.

Julia suspiró; luego nos miró a Lalo y a mí de pie junto a la puerta principal.

—Tal vez deberíamos hablar a solas —dijo.

Su voz era baja y suave. Sofía la miró de pronto y sus manos dejaron de manipular los cubos. *Esa mirada.* ¿Recuerda a su madre? ¿La extraña?, le había preguntado yo a mamá hacía tiempo. *Esa mirada.* Lalo se movió ligeramente a mi lado, con un movimiento imperceptible como un suspiro.

—No —dijo Paloma con voz queda, tan quedito que todos la miramos. Todos menos Sofía, que tenía la mirada clavada en su madre.

—Todos hemos sido la familia de Sofía desde entonces… —Paloma hizo una pausa— …desde que usted la dejó.

Julia dio un respingo. Se sentó junto a la chimenea.

—Todos los que estamos aquí la hemos mecido y le hemos leído cuentos, y secado sus lágrimas y cantado canciones. Lalo le enseñó a mandar un beso, y a veces dormía con Alondra. Pintaba con Lilí y bailaba con Juan. —Paloma hizo otra pausa—. Todos los que estamos aquí hemos sido su familia.

Hubo un silencio.

Julia miró a Paloma, y luego a Lalo y a mí, estudiándonos por un momento. De nuevo miró a Paloma.

—Es por eso que los escogí a ustedes —repuso con suavidad.

Y entonces, por primera vez, sonrió. Lalo giró su cabeza para verme. Yo no podía mirarlo, pero sabía lo que significaba su mirada. La sonrisa de Julia era la sonrisa de Sofía.

Papá se sentó junto a mamá. Alcanzó su mano y la tomó entre las suyas. Ambos miraban a Julia.

Julia habló al fin.

—Los observé durante el verano pasado, a todos ustedes —dijo.

Sofía se levantó del piso y se acercó al fuego.

—Caliente —le dijo Julia casi sin pensar.

Sofía alzó la vista.

—Fuego es caliente —le contestó.

Julia la miraba como hipnotizada.

—Sofía habla —murmuró.

—Sofía habla —murmuró Sofía también.

Julia tragó saliva. Las lágrimas asomaban en sus ojos.

—El padre de Sofía estaba enfermo —susurró—. Sabíamos que necesitaría una operación y cuidados constantes. Le tendría que dedicar todo mi tiempo. Si es que no moría en la operación. No había nadie más que pudiera dárselo. Entonces fue cuando los vi a ustedes. —En ese momento se detuvo y se dirigió a Paloma—: Y mis padres no fueron buenos padres. Nunca hubiera permitido que se quedaran con Sofía, ¡nunca! No quería que Sofía estuviera con extraños. Y ustedes no me parecían extraños.

—Escribió usted —empezó a decir mamá, pero se le quebró la voz— ...escribió usted... que las cosas iban mejor.

—El padre de Sofía sanará —dijo Julia.

Papá cambió de posición en el sofá.

—Asumió usted un gran riesgo —le dijo.

Era la primera vez que hablaba.

Julia lo miró, y luego nos miró a todos los demás.

—Pero eso es lo que debe hacer una madre —respondió—. Una *buena* madre.

Nadie dijo nada.

Hubiera querido odiarla. Quería que se fuera y que dejara a Sofía con nosotros. No quería volver a verla jamás. Pero no podía odiarla, porque en medio del silencio de la habitación, Sofía caminó hacia su mamá. Ella no habló. Se miraron por un momento. Entonces Sofía extendió su mano y su mamá la tomó, y Sofía empezó a palmear en la mano de su mamá. Era un gesto familiar de hacía mucho tiempo.

Las lágrimas rodaron por las mejillas de papá.

Círculos.

❦

El transbordador estaba en el muelle. Se veía viejo y desgastado a la luz de la mañana, con toda su herrumbre y su pintura corroída por el mar. El viento soplaba en ráfagas, algunas tan violentas que Paloma tenía que aferrarse al brazo de Lalo. Tres automóviles y un camión de plataforma se acomodaron sobre la embarcación, haciendo un ruido solitario de metales sobre la plataforma de hierro. Un puñado de gente subió a bordo, volviéndose para decirle adiós a otro puñado que estaba en el muelle. Papá tomó a Sofía fuertemente en sus brazos y caminó lejos de nosotros, hacia el borde del muelle. Sofía señalaba el cielo. Papá le decía cosas y ella sonreía.

Vi a Godo, a Rolando y a Arturo de nuevo instalados junto a la bomba de gasolina. Se veían extraños sin sus instrumentos. El viejo Pedro estaba al volante de su camión, mirando por el parabrisas. No se bajó. Los papás de Lalo llegaron caminando por la acera, y el auto del doctor Fortunato se acercó y se detuvo en el lugar donde empezaba el muelle de madera. Abrió la puerta y se quedó parado ahí mismo, mirándonos. Rebel estaba sentado sobre su moto y la señorita Minifred se apeó del asiento trasero. Una repentina racha de viento hizo que su cabello le cubriera el rostro. Sin voltear a verla, Rebel le dio su bufanda.

Julia se volvió hacia mamá.

—Lo único que queda por decir es "gracias" —le dijo.

Mamá tomó su mano y las dos miraron a papá.

—Juan.

Mamá dijo su nombre apenas, pero a pesar del viento él lo oyó.

Se quedó quieto un instante. Luego le dio un beso a Sofía. Regresó con nosotros. Le hizo entrega de Sofía a su madre. Paloma se acercó y le puso a Sofía alrededor del cuello la cadena con el rubí.

Julia se dio la vuelta y subió en el transbordador. Sofía nos miraba fijamente por encima de su hombro. Sus ojos tenían una mirada solemne. Eché un vistazo a papá; él tenía la mirada fija en Sofía, como si tratara de memorizarla. Sofía no sonreía. Pero justo antes de desaparecer dentro del barco, se inclinó por encima del hombro de Julia y le tendió la mano a papá. Un puño con su pequeña manita. Junto a mí, papá le respondió haciendo "papel, piedra, tijeras" con la mano. Entonces Sofía sonrió. ◆

Capítulo 16

◆ REMONTAMOS LA COLINA en silencio. Cruzamos los campos, pasamos junto al estanque en donde el viento formaba ondas en el agua. Ni siquiera Lalo hablaba. El viento le arrancó su sombrero a Paloma, y papá lo alcanzó. Se lo devolvió sin decir palabra.

La casa estaba fría. El olor de cenizas apagadas flotaba en el aire. Papá fue hasta la chimenea y se quedó de pie junto a ella, mirando hacia abajo como si esperara que el fuego surgiera de nuevo. Mamá se quitó el sombrero y se apoyó contra la puerta de entrada, recorriendo la habitación con la vista. Paloma se agachó y levantó un libro del piso. El libro de Sofía. Paloma se enderezó.

—Ahora vamos a hablar —dijo con suavidad.

Papá volteó.

—Ahora no —pidió. Su rostro tenía la expresión habitual del trabajo, pero su voz sonaba como si fuera un hilillo de humo.

Mamá se quitó el abrigo, lo colgó y caminó hacia la puerta de su estudio.

—No puedes irte y dejar esto atrás como si nunca hubiera sucedido —le dijo Paloma. Hizo una pausa—. Como con el bebé.

Mamá se detuvo. Papá clavó su mirada en Paloma. Y yo también. En ese momento sonó el silbato del transbordador, un sonido terriblemente sofocado del otro lado de la puerta. Papá se encogió, y en ese momento su expresión del trabajo se borró.

Se hizo el silencio cuando cesó el sonido del silbato, y pude oír la respiración de Lalo junto a mí.

—*Por esa misma razón* es que vamos a hablar —dijo Paloma suavemente.

En ese momento el rostro de mamá se transformó también. Se veía transparente, como si todos sus sentimientos estuvieran justo ahí, debajo de su piel. Oí que la puerta de entrada se abría y se cerraba, y cuando volteé a ver, Lalo se había ido.

—Vengan, siéntense —dijo Paloma. Su voz había cambiado; tenía un tono casi amistoso, como una invitación agradable.

Nadie se movió.

—Entonces me sentaré yo —dijo—. Ya estoy vieja.

Paloma se acomodó sobre la silla recta junto a la chimenea. Me miró.

—Si hablamos de Sofía podemos hablar también del hermanito de Alondra que se murió. El bebé que nunca vio. El bebé sin nombre.

Crucé la habitación y me senté en el sillón.

—Palabras —dijo Paloma.

Esbozó una sonrisa, lo que me dio valor.

—Hasta Sofía tenía palabras —afirmé.

Papá me miró, y luego miró a mamá al otro lado de la habitación. Se le escapó un suspiro, como si lo hubiera estado reteniendo desde hacía largo tiempo. Se acercó y tomó a mamá de la mano.

—Palabras, Lilí —le susurró—. No pintura, ni baile: palabras.

Mamá estaba tan quieta como una estatua que hubiera podido quebrarse si se le tocaba.

Papá la abrazó. Me miró y empezó a hablar:

—Sus ojos eran de un azul oscuro, Alondra —dijo con voz tenue—. Oscuros, pero a la vez luminosos. Como estrellas —susurró.

Yo miraba intensamente a papá. Paloma se aproximó un poco a mí. Mamá miró a papá.

—Sus manos —continuó ella en el mismo tono—, sus manos tenían dedos finos, como las de Alondra. Y su mirada era seria y pensativa.

Atisbé por la ventana y divisé a lo lejos el humo del transbordador. Entonces mamá vino a sentarse junto a mí. Y en la habitación fría y silenciosa, mientras el barco se llevaba a Sofía, le pusimos William al bebé.

❦

Hizo un día tibio en el cementerio; el sol del atardecer estaba ya muy bajo. La luz caía oblicua sobre nosotros y sobre las lápidas, dándonos a todos, piedras y gente, el mismo aspecto. El único sonido era el de las olas al reventar en la playa lejana, una ola tras otra, como los latidos de un corazón.

Todos habían llegado y se habían ido ya; Godo y Rolando y los muchachos, que tocaron una canción; el doctor Fortunato; la señorita Minifred y Rebel, que depositaron una rosa sobre la pequeña lápida con el nombre de William grabado, y Lalo, que se puso a llorar. Paloma también lloró cuando papá dijo unas palabras sobre William.

—Desearía haber podido bailar con él —dijo.

Mamá abrazó a Paloma y ambas permanecieron ahí, de pie en aquella luz, mientras los demás bajaban la colina.

Más tarde caminamos a casa cruzando el pueblo, entre las casas y las tiendas.

—¿Volveremos a verla? —le pregunté a Paloma—. ¿A Sofía?

Nadie pareció sorprenderse. Papá me dirigió una sonrisa. Era más fácil hablar de Sofía ahora.

—Sí —respondió Paloma—, tú la volverás a ver. Algún día.

Mamá miró de reojo a Paloma y sonrió. Se detuvo.

—¿Recuerdas cuando caminábamos a casa con Sofía? —dijo—. Después de haber estado en la playa. Era más o menos por ahí. —Señaló en cierta dirección—. Y fue más o menos a esta hora del día cuando Sofía se puso a bailar.

Caminé delante de ellos, me di la vuelta y miré a Paloma. Su cabello relucía como la plata bajo la luz. Miré a papá y a mamá tomados de la mano, y a Lalo, con su mirada que parecía querer decir "ya sé lo que vas a hacer". Y lo sabía, claro.

Empecé a bailar *tap*. Papá y mamá me observaron; los ojos de papá se hacían cada vez más grandes. Paloma sonreía.

Yo y mi sombra
íbamos por la avenida.
Yo y mi sombra,
solos y tristes los dos.

—Ya aprendí —dije. Hice una mueca sonriente al verlos a todos ahí, tan quietos y sorprendidos. Y entonces, por alguna razón, sin dejar de bailar, me puse a llorar. ◆

VERANO - DIEZ AÑOS DESPUÉS

Los recuerdos aparecían ahora todo el tiempo, agolpándose, tenía la cabeza llena de ellos. Venían en medio de nubes y bruma, que casi revelaban lo que se escondía detrás de ellas. Nubes con un rostro prácticamente oculto en ellas. Nubes. Y ese rostro.

Capítulo 17

◆ ESTÁBAMOS RECARGADAS contra la baranda del barco, y la tierra aparecía en el horizonte. Los pájaros seguían al barco, daban vueltas por encima de él y a su alrededor. Una gaviota se acercó tanto que casi pudimos tocarla. El día era fresco para ser verano. Volteé a ver a Sofía, que observaba detenidamente la isla. Miraba las colinas en el extremo más alejado, y luego dirigió la vista hacia el pueblo que ahora se veía con claridad, la bahía, la iglesia, la colina donde estaba el cementerio.

Sofía era alta, casi me llegaba al hombro. Su cabello había perdido el color claro de los bebés. Ahora era del mismo color que el mío. En torno al cuello traía la cadena con el rubí rojo.

Sofía se volvió hacia su madre.

—¿Pasaste mucho tiempo aquí? —le preguntó.

—Solamente aquel verano —respondió Julia—. Ese verano —repitió en voz baja, como un eco. Julia me miró y las dos sonreímos.

El barco pasó el rompeolas y las manos de Sofía subieron a sus orejas para taparlas justo antes de que sonara el silbato.

—Te acordaste del silbato —le dije.

—¿Tú crees? —dijo Sofía—. A veces… —hizo una pausa, luego prosiguió—: a veces recuerdo cosas y no sé qué significan. —Sofía

me miró con esa expresión familiar que me hacía recordarla—. Me acuerdo de una cara —completó.

El barco llegó al puerto; Sofía sacó el recorte de periódico de su bolsa. Estaba doblado y gastado de tan leído y releído. Hablaba de la vida, de la muerte y de dónde se llevaría a cabo el entierro.

Paloma.

—¿Los reconoceré? —preguntó Sofía—. Y ellos, ¿me reconocerán a mí?

Julia sonrió.

—Has visto fotografías —le contestó—. Además todas esas cartas —hizo una pausa—. Probablemente sí. De algún modo los vas a reconocer.

—Ellos te reconocerán a ti —dije yo.

El barco se aproximó lentamente al muelle. Se lanzaron y se ataron los cordajes. Luego bajamos por la escalinata hasta el desembarcadero.

—¿Saben ellos que estaré ahí? —preguntó Sofía.

Yo negué con la cabeza.

—Yo no sabía si vendrías —dije.

Caminamos por la acera, frente a las tiendas y las casas, y frente al hotel de los padres de Lalo. Sofía se detuvo y miró la acera. Mi corazón latió más fuerte.

—En este lugar bailaste —le dije.

Sofía no respondió. Luego alcanzó mi mano y la tomó. Caminamos juntas hasta el lugar sembrado de césped donde empezaba el cementerio. Julia se detuvo y tocó a Sofía en el brazo.

—Tú ve sin mí —le dijo.

Sofía la miró.

—Todo va a estar bien —dijo Julia. Sonrió y en tono suave agregó—: Todo saldrá bien.

Había gente en la cima de la colina, de espaldas a nosotros. Subimos la cuesta tomadas de la mano. Sofía miró una vez hacia atrás para ver a su madre que esperaba al pie de la colina. Se veía tan pequeña. En ese momento, cuando casi habíamos llegado junto a la tumba y se podía escuchar el murmullo de las voces apagadas, Sofía miró hacia las nubes.

—¡Colas de caballo! —dijo de pronto—. Colas de caballo.

Lalo se volteó al escuchar la voz de Sofía. Abrió grandes los ojos. Nos dedicó una gran sonrisa. Sofía también le sonrió. Y, de repente, Sofía se detuvo y se quedó mirándolo todo.

Colas de caballo. Colas de caballo, y caminar sobre la arena junto al mar, con el viento quitándole el sombrero, y el susurro del hombre en su oído. Colas de caballo y ese rostro.

Papá estaba de pie junto a una pequeña lápida que tenía grabado el nombre de William. No vio a Sofía. Pero justo antes de que el pastor empezara a hablar, Sofía soltó mi mano y caminó hasta donde estaba papá. Él volteó y se le quedó mirando. Ella le sonrió. Extendió su mano.

Piedra.

Papel.

Tijeras. ◆

ÍNDICE

Bebé, de Patricia MacLachlan,
núm. 105 de la colección A la Orilla del Viento,
se terminó de imprimir y encuadernar en junio de 2012
en Impresora y Encuadernadora Progreso, S. A. de C. V. (IEPSA),
calzada San Lorenzo 244, 09830, México, D. F.

El tiraje fue de 2200 ejemplares.

para los grandes lectores

Encantacornio

de Berlie Doherty
ilustraciones de Luis Fernando Enríquez

Y de pronto el mundo se iluminó para Laura. Vio el cielo lleno de estrellas. Vio a la criatura, con el pelo blanco plateado y un cuerno nácar entre sus ojos azul cielo. Y vio a los peludos hombres bestia que sonreían desde las sombras.
—¡Móntalo! —le dijo la anciana mujer bestia a Laura—. Encantacornio te necesita, Genteniña.
El unicornio saltó la barda del jardín con la anciana y con Laura sobre el lomo. La colina quedó serena y dormida: Laura, los salvajes y el unicornio se habían ido.

Berlie Doherty es una autora inglesa muy reconocida. En la actualidad reside en Sheffield, Inglaterra.

para los grandes lectores

Una sarta de mentiras

de Geraldine McCaughrean
ilustraciones de Antonio Helguera

—Mamá, lee esto —dijo Ailsa extendiéndole el libro abierto; luego comenzó a caminar por la tienda, al ritmo de los latidos de su corazón. No podía ser. Él existía. Lo había tocado. Tenía que existir. La vida de otras personas había cambiado a causa de él. Hizo un esfuerzo para recordar los diferentes clientes a quienes Era C. había atendido. ¿Dónde estarían? ¿A dónde se habrían ido? ¿A quién acudir y pedirle prueba de su existencia?

Geraldine McCaughrean es una autora inglesa muy reconocida; en 1987 recibió el Premio Whitbread en Novela para niños. En la actualidad reside en Inglaterra.

para los grandes lectores

Una vida de película

de José Antonio del Cañizo
ilustraciones de Damián Ortega

El Jefe del Cielo al fin se decidió a hablar:
—Tomad a cualquier hombre del montón y, ¡sacaos de la manga una vida emocionante y llena de acontecimientos!
Sir Alfred Hitchcock dijo:
—Un caballero inglés siempre acepta un desafío. Me comprometo a transformar la vida del más mediocre y aburrido de los hombres que pueblan la tierra en toda una aventura… ¡Una vida de película! ¿Queréis participar en la aventura, compañeros? —añadió dirigiéndose a John Huston y a Luis Buñuel.

José Antonio del Cañizo vive en Málaga, España. En sus obras combina la corriente realista con el estilo y los recursos de la literatura fantástica: "fantasía comprometida", dice él. Ha obtenido varios premios importantes y sus obras figuran en algunos de los principales catálogos internacionales de literatura infantil y juvenil.

Una vida de película ***ganó el primer premio del I Concurso literario A la Orilla del Viento.***